原郷への道

山尾三省

野草社

原郷への道　目次

椎の木の時

蝶という夢

「あとがき」に代えて――脇園義文
247

初出

椎の木の時『文化ジャーナル鹿児島』No.29（1992年1・2月号）～No.54（1997年夏号）に「森の時 川の時 海の時」と題して連載。

蝶という夢『生命の島』第46号（平成10年夏）～第56号（平成13年夏）に連載。

カバー写真――山下大明
ブックデザイン――堀渕伸治

椎の木の時

椎の木の時

森には、森の時というものがある。川には、川の時というものがある。そして海には、やはり海の時というものがある。

これらのゆったりとした時にくらべると、人間の時はいかにもあわただしい。ただあわただしいだけでなく、前へ前へと追われるように進むことだけにとらわれて、人はじつは帰る存在でもあることが見失われている。

森の時は、移り変わり進んでもゆくが、それと同時に回帰し、動きながらもまるで動いてはいないように感じられる。川の時、海の時も同じである。

ある時から僕は、この時を学ぶこと、この時において生きることの方が、時代とともに前へ前へと進んでゆくよりずっと実のあることであることが分かってきた。それで、森の中の一本の木が森とともにあらざるを得ないように、時代とともに僕もあらざるを得ないのではあるが、進むのではなくて回帰することの方にむしろ意味と充実を見詰めるようになってきた。

眼の前に、一本の椎《しい》の木がある。たいして太い木ではないが、根元から三本に枝分かれしており、一本は谷川の方へ向けて斜めに伸び、残り二本はぴったりくっついてから み合うように家の屋根へと伸びている。

椎の木肌は、よく見るとずいぶん青いものである。緑色の苔が寄生していたり、豆のように丸い小さな葉のツタがからみついていたり、ヒトツバと呼ばれるシダ植物が寄生していたりするせいもあるが、それだけではない。椎の木肌には、苔よりもっと原生生物に近いカビ類が寄生していて、そのカビが青っぽいのである。カビはおおむね不定形の紋様を描き出して繁殖しているが、なかにははっきりと円い形になっていたり、縞紋様になっている部分もある。

これは、根元から二、三メートルほどの高さまでのことで、それから上の枝の方はまた少し趣が異なる。枝の方には陽が当っているが、根元の方には陽が当らない。陽が当らない根元の方の木肌が、全体として青いまだらのように見えるのである。

椎の木肌に青の色を見ている時、僕の時は椎の木の時とほぼ同じ時にある。僕の時は、朝があり昼があり夜があり、十時があり十一時があり十二時がある時であるにもかかわらず、それらのないただの椎の木という時に吸収されてゆく。


椎の木の夢は何であろうか。椎の木の生はどんな充実の内にあるのだろうか。そう問うことは、自分という木の夢は何かを問うことであり、自分という生がいかなる充実の内にあるかを問うことであるように思われる。

不思議なことに、自分という木の夢は、眼前にある椎の木そのものであり、自分という生の充実もまた、眼前にある椎の木の充実そのものであることが、椎の木において了解される。椎の木の木肌が青っぽい色合いであるのを見るのは、そういう考え事も内に含んでいるのである。

少し離れた、もっと谷川に近い処に、もう一本のもっと太い椎の木がある。その椎の木には根元近くまで陽が当っていて、びっしりとからみついている豆ほどの大きさの丸い葉のツタにもやはり陽が当っている。ツタの葉は鮮やかな緑色であるが、太い椎の幹全体は明るく黄ばんでいる。

陽が当っている太い木の幹を見ていると、幸福な気持になる。陽が当っていること、太陽が輝いているということは、何とうれしいことだろう。

眼前の、陽の当らない根元の椎の木が沈潜の木であるとすれば、少し離れた処にあるその太い椎の木は、幸福の木である。その木は陽を浴びて黄ばんで輝き、今しも幸福に満ちている。僕の時は、その黄ばんだ輝きに吸収され、僕の時でありながら、その椎の木の幸福に染まる。

亡くなってそろそろ十年になる、政おじという人の言葉を思い出す。政おじは、清々として言ったものである。

「山はよかなあ。あっちば見ればあっちの景色があり、こっちば見ればこっちの景色があるもんの。海はいけん。海は、どっちば見ても同いこっやろ」

山で木も伐れば海で漁もした人の言葉だから、それは本当の言葉である。けれども政おじは、海よりは山が好きな人であった。山に限りない変化を見て、その変化に吸収される喜びを知っていた人であった。

僕もまたむろん僕なりにではあるが、同じ道を歩いている。あっちを見ればあっちの景色があり、こっちを見ればこっちの景色があるという真実は、生のすべての側面にあてはまるものである。

経済という森を見れば、そこには経済という森があり、力という森を見れば、そこには力と闘いという森が現れてくる。これらは、この世紀末にあって全盛を示している二つの森である。政おじが海よりは山が好きだったことと同じで、僕は経済の森や力の森よりはただの森を好む。それも植林された森であるよりはなるべく原生に近い森の方がいい。

森には静かさがある。

眼前の椎の木の根方には、マンリョウが一本生えていて、その実がほぼ朱くなってきている。マンリョウの葉は濃い緑色で、寒さが強まるほどその緑色は濃くなるように感じられる。マンリョウの時は、ひっそりとした暖かい安堵の時である。人の百の思想よりも、時としてマンリョウは、僕に安らぎと肯定を与えてくれる。

オーム貝の化石

一月十三日と十四日にかけて、一晩泊りで東京へ行ってきた。飛行機が恐ろしいのに加え、前日ちょっとしたことでひねってしまった足首がずきずき痛んで、ほとんど最悪の状態であったが、作家の宮内勝典さんと対談をする仕事を与えられたためであった。彼とはほぼ三十年来のつき合いであり、会えば向こうは〈三省〉と呼び、こちらは〈一平君〉と幼い頃の愛称で呼ぶのだが、今回は新聞社の仕事なのでお互いにそういう呼び方をするのはやめて、〈宮内さん〉〈山尾さん〉と、少し勇気を出して呼び合った。

彼はこのほぼ十年間はニューヨークに住んでいて、昨年の暮れにそこを引き上げ、東京へ帰ってきたばかりだった。会うのは十一年振りのことである。懐かしく、うれしい出会いの上、六時間か七時間ほどはみっしりと話をすることもできた。その多くは、プライヴェイトな再会であれば敢えて言葉にし直す必要もない共通の理解領域の事柄であったが、中には会うことによってのみ新しく理解され、確認された、非常に大切な領域の事柄もむろん含まれていた。

家に戻った夜、子供達が寝静まってから、おみやげにもらった掌に載せられるほどの大きさの紙包みの箱を開いてみた。それは、長さ八、九センチほどの細長い矢じりの形をした黒い石であった。裏側は切断された面がそのまま荒く残されているが、表側は円く磨かれてつやつやと光り、子供の頃に油石《あぶらいし》と呼んでいた石に似た感触であった。その表面には昆虫の幼虫のような紋様が鮮やかに見られた。あまりにも鮮やかな紋様で、石自体が本来持っている紋様とは思えない。何かの化石であることが明らかだった。

英文で書かれた説明の紙片を読んでみると、それはオーム貝の化石であった。オーム貝というのは、軟体動物の一種に頭足類という類目があり、その内のひとつであるが、その多くはとうに絶滅してしまったものである。

その化石はガイソノセラス、あるいはオルソセラスと呼ばれている、オーム貝の中でも原初期に属するものだそうであった。今から約五億七千万年前に、古生代カンブリア紀と呼ばれる生物学上の時代がはじまり、その頃にサンヨウ虫やクモ類が発生するのであるが、その次のオルドビス紀（五億年前）になると軟体動物や甲殻類が発生してくる。ずっしりと質量のある、掌に載せられたそのオーム貝の化石は、四億年前からはじまったデボン紀と呼ばれる時代に生きていたもので、形こそ矢じりに似ているが、矢じりを作る人類が出てくるまでには、それからさらにほぼ三億九千五百万年の時が必要だったのである。

説明書によれば、その石はモロッコのアトラス山で見つけられたもので、今から三億五千万年前にはアトラス山の辺りは海の浅瀬だったのだという。そのオーム貝は、その海の浅瀬に住んでいたのである。

これは大変なものをもらったと思いつつ、掌に載せたまましばらく目を閉じ、三億五千万年という時の重みを静かに味わった。すると、その石の重みにかさなるように、その日の朝別れてきたばかりの、一平君の真実で穏やかな眼が、それ以上にはない深い調子で語りかけてくるのを感じた。

「ね、三省、人間はこういうものを見つけ、測定し、感じ、大切にすることができる知性なんだ。この惑星の危機を切り抜けるものは、人間の知性だよ。叡知をその内に含んだ知性なんだよ」

三億五千万年という時間を、ただ数字をとおして感じるのと、掌の上の具体物をとおして感じるのとでは、むろん大きな違いがある。数字はそれ自身にしか実体を持たない抽象物であるが、化石は握りしめることができる実体なのである。

かつてネパールの奥地のヒマラヤの麓の村で、同じ軟体動物科の同じ頭足類に属するアンモン貝の化石を手に入れたことがあるが、その時にもやはり同じようなことを感じた。アンモン貝の方は、発生したのは古生代シルル紀（四億三千年前）で、全盛期を迎えたのは中生代の白亜紀（一億三千五百万年前）だそうである。そういう途方もない時間を手に載せ、握りしめることができるのは、人間の善き知性にほかならない。人間の、善き知性にほかならない。

オーム貝とアンモン貝の化石を二つ並べて見ながら、僕は、それらがともに海からきたものであることを思った。

生物の発生は、古生代に先だつ先カンブリア代と呼ばれる時期で、それは少なくとも三十五億年前くらいまではさかのぼっている。その時に、すでに海はあった。生物は海から生まれたのであるから、その時にすでに海はあったのである。

そして今も、海はある。

海は、三十五億年といわれる生物の歴史を支えてきただけでなく、それ以前からすでにそこにあり、今もそれに触れ、その中で泳ぐことさえもできる具体物として、眼の前に生きて展《ひら》かれてある。オーム貝やアンモン貝の化石がそこに属していたように、人間もまた海に属している。化石なら掌に載せることができるが、海を掌に載せることはできない。僕達はオーム貝やアンモン貝と同じ仲間の、海からきた者達なのだから。

人間の知性に意味があるなら、だから海を汚してはならない。海からきて海へ帰ることの知性は、海を汚してはならないという知性なのだと、あらためて二つの化石によって思い知らされている。

おわんどの浜

ある日の夕方、おわんどと呼ばれている浜へ行った。まだ冷たい風が吹き、春には遠い日だったが、風の底に海へと呼ぶ何かがあり、その何かに誘われて、誰もいない小さな入江へ下りて行った。

そこには少しばかりの砂浜があり、砂浜はすぐに腐蝕サンゴの岩海へと続いている。潮が引いていれば、その腐蝕サンゴは黒褐色のごつごつとした岩原となり、岩原が海に沈む波打際で貝類が獲れる。僕達が浜に下りた時刻は満潮に近く、海は岩原をおおって砂浜の半ばまで押し寄せていた。

三億五千万年前のオーム貝の化石を手に握った時から、僕の中の海を見る目というものが微妙に変わってきている。

僕達の島には、樹齢七千二百年と推定される縄文杉を含む深い森があるが、七千二百年は一万年に満たない。人類の歴史もせいぜい五百万年である。そのはるか以前からそこに在り続け、今も在り続ける海というものが、途方もない驚くべき生きものの姿として感じられてしまった。

それを僕は、海如来ということばでとらえた。海がそのまま如来だったのである。如来とは釈迦如来の如来であり、薬師如来の如来であるが、その原語は Tathāgata《タターガタ》と言い、真如からここに現れた者、を意味する。釈迦如来は人間としての如来であるが、海としての如来はその釈迦如来を時間的にも空間的にもはるかに越えて、包みこんでいる。ブッダが覚知した法《ダルマ》と呼ばれるものは、その海如来をはじめとする宇宙の法であり、そのことによってブッダは覚者《ブッダ》となられたのであるから、釈迦如来が海より微小であるということはない。ないけれども、海という如来を前にすると、釈迦如来でさえも微小に感じられる。

だが、如来ということばにあまりこだわらない方がいい。僕達は、アニミズムというもうひとつ別のことばを持っている。アニミズムは、僕達の生に忘れられた豊かさを取り戻す、これからの大きな静かな地平である。

冷たい風の吹くおわんどの浜で、僕は十一ヵ月の赤ちゃんを抱っこし、妻は二歳の子の手を引いて、しばらく海を眺めた。海は少し荒れていて、波が躍っていた。貝類はもちろん獲れない。砂浜には、プラスティックの容器や空かんをはじめ無数の人工廃棄物が打ち寄せられて、まるで人類が死滅した後の廃墟の観を呈していた。拾い上げて文字を見ると、むろん日本製品の廃品が最も多いが、次にはハングル文字のものが多い。二割か三割ほどはハングルが記された容器類である。台湾の製品もある。

名古屋市の水族館の館長さんが、十七年間にわたって浜に打ち上げられた海亀の屍体を解剖し、その死因を調べているという。その結果、死因の七十六パーセントはビニール類やプラスティックを呑んだためであることが分かったそうである。少なくとも三十五億年の生命を持ち、あらゆる生命を産み出してきた海が、今こうして自らが産み出してきたものを殺し、自らもまた徐々に死のうとしている時代に僕達は立ち会っているのである。

日が暮れかかり、風がいっそう冷たくなってきたので、浜から上がろうとした。その時妻が、これ何だろう、と五つほど並んでいるサンダルを指さした。その内のひとつを取り上げて見ると、まだ真新しいつっかけサンダルで、足裏に当る部分がいぼいぼでおおわれている健康サンダルというものであった。さらによく見ると、五つとも右足用で、左足用のものはひとつもない。

左足用もどこかに流れついていないかと、あたりの浜を探してみたが、どういうわけかひとつも見つからなかった。右用ばかりじゃ使いものにならないと、そのまま打ち捨てて帰ろうと思ったが、待てよと立ち止まった。サンダルだから、その気になれば右用を左にはいても何ということはあるまい。そのまま捨てておけば浜の汚物だが、持ち帰ってはけばそれなりの役に立つだろう。

二足分四つの右足サンダルを持ち帰って、その日から妻は洗濯物干し場用に、僕は日常のつっかけ用にそれを使いはじめた。はいてみると、足裏のいぼいぼが仲々気持よく、左右とも同じ方向を向いているのは大して気にもならなくなった。

一カ月ほど経って、この三月に高校を卒業した娘が、お隣の口永良部島に用足しに行ってきた。一晩泊りで帰ってきて言うには、隣の口永良部島でもたくさんの人達が、そのいぼいぼサンダルをはいていたそうである。海から拾ってきた事情を知らない娘は、よほど大安売りがあって皆がいっせいに買ったのかと思っていたらしいのだが、屋久島に流れつくものは口永良部にも流れつくのだと分かって、なあんだと、笑った。

口永良部島の人達が、流れついたサンダルをはいている風景は心暖まるものであったが、サンダルそのものについては何か悲しいものが残る。

浜に椰子の実でも流れついているのであれば、それはひとつの豊穣であるが、大量のサンダルが、それもどういうわけか右足用のサンダルばかりがぷかぷか浮いている様を思い描くと、拾い得という気持にはとてもなれない。チェルノブイリの灰が今も年々に世界中の海に蓄積されているのと同様の、絶滅を構成する浮遊物の光景のように思われてならない。

とはいえ、そのサンダルを、むろん僕は今も愛用している。ちょっとそこらへ出掛ける時の、つっかけサンダルの便利さというものは相当なものである。足裏にくるいぼいぼの感じも悪くない。絶望に身をまかせるよりは、サンダルばきで歩きまわる方がはるかによい。

おかずにならんもの

僕が住んでいる屋久島の一湊白川山《いっそうしらこやま》というのは、わずか十二世帯の人達が住んでいるだけの小さな集落である。そのうち五世帯の人達が漁で暮らしを立てている。漁といっても自分の船を持っているわけではなくて、定置網その他の漁船に乗り組み、その給料で暮らしている。

白川山の人達が集まって話をすると、話題がそれゆえにいつのまにか漁の話になっていくことが多い。今どんな魚が獲れているのか、どのくらいの漁があるのか、自分は漁師でなくてもここに住んでいる以上は身近な大問題であるから、僕は黙って聞いている。

聞いていると、今年は正月以来ずっと不漁続きで、四月の半ばに時期外れのブリが二百本ばかり入ったほかは、大漁と呼べるような日は一日もなかったのだという。自分達で網を上げるのだからはっきり眼に見えるのだが、多くはない給料であるにもかかわらず、その給料をもらうのが気の毒なほどの水揚げしかないそうである。

定置網漁は、毎日同じ場所に設置された定置網を上げて魚をはずし、またその同じ場所に網を下ろす漁なので、いくら水揚げが少なくとも他の場所に網を移すことはできない。魚が来るまでは不漁に耐えるほかはない。白川山から漁に出ている五人のうち四人はその定置網に出ているので、話は次第に悲観的になる。

もう一人は、小型の網を積んで沿岸の漁場ならどこにでも網を建てる刺し網船に乗り組んでいるので、定置網ほどには不漁ではないらしい。それでも半月毎に払われる給料が五万円足らずで、もう何年もそんな状態が続いているのだという。

そういうぱっとしない漁業の現状にあって、一湊の船主達が期待をかけているのは、モジャコ漁なのだという。モジャコというのはブリの稚魚のことで、体長二、三センチほどのものが群れをなして、沖を流れる藻に集まってくる。それを目の細かな網ですくい獲って、そのまま船の生簀《いけす》に移す。モジャコは、大きくなってハマチと呼ばれ、やがてブリとも呼ばれるわけで、ハマチの養殖業者にとてもよい値で売れるのだそうである。

幸いなことに、一湊の沖合にはそのモジャコがかなりいて、船主達は争うようにしてモジャコ獲りをしているらしい。モジャコ獲りには船足の速いことが有利なので、中には一千万円もするより高馬力の新船を購入してそれに賭けている人もいるらしい。

白川山の漁師達の話が面白くなったのは、じつはそれから先であった。刺し網船に乗っていて、モジャコ獲りもしたことのある一人が、

「モジャコ獲りは漁じゃない」

と言い出したのである。

「あれは、魚を獲るんじゃなくて金を獲ってるんだ。モジャコも魚には違いないけど、あんなものをいくら獲ったって魚を獲ったという気がしない。第一、いくらモジャコが獲れたって、おかずにならんもの」

彼がそう言うと、他の四人も一様に、

「そうだよなあ、おかずが来ないものなあ」

と同意するのだった。

おかずというのは、彼らが漁の帰りに毎日もらってくる言葉どおりのおかず用の魚のことである。ムロアジが入ればムロアジ、キビナゴが入ればキビナゴ、その日その日でハガツオやソーダガツオ（マンパと呼ぶ）やカワハギや小イカなどを、おかずとしてもらってくる。その量は自家用では食べ切れないほど充分にあるから、僕のように漁に出ない者の家にまで廻してもらえる。

一人が「おかずにならんもの」と言い、他の人達が「そうだよなあ」と異口同音に同意したその呼吸に、僕は仕事というものの深い本質を見たように思った。

今の日本の社会が、都市であれ農山漁村であれ総じて浮足立ち、表面の豊かさとは裏腹な執拗な不安感にさいなまれているのは、この社会を構成している仕事、労働というものが、その本来の喜びを失ってしまっていることに最大の原因があるのではないか。

僕は、仕事という言葉は好きであるが、労働という言葉は好きになれない。仕事には自分の仕事という楽しみがまだあるが、労働は即賃金という古い図式にしばり込まれている。今は、労働者、労務者という言葉ははやらず、仕事人というとスマートなようであるが、その仕事人もじつは賃金、給料にからめとられていて、自分の本当の仕事をしているわけではない。労働という言葉に代えて、時代の言葉として仕事と呼んでいるだけで、その仕事に本当に喜び、楽しみを見出しているわけではない。今の仕事は、そのほとんどが管理社会内の仕事であり、自分の仕事ではない。

漁に出ている人達が、「おかずがなあ」と言って、金になるかもしれないモジャコ獲りに積極的になれないのは、そのおかずにこそ漁という仕事の本来の楽しみがあることを、知っているからである。

　コンピューターの部品を一万個こしらえたとしても、おかずは来ない。一万個売ったとしてもやはりおかずは来ない。

　北のコンピューターの文明で地球をおおいつくすのか、南のおかずの文化がもっと力を持ち、コンピューターと併せて仕事を楽しいものにしてゆけるのか、今はその分かれ目の大切な時代なのだと思う。

　コンピューターを含む科学技術は、人間を含むすべてのいきもの達のいのちに奉仕する技術でなくてはならないと、僕は思っている。宮崎県に新設されようとし、川内市で増設されようとしている原発は、何万年にも亘っていきものを殺す毒物を排出する点で、悪しき科学技術の先端である。いのち（神）を殺すものを、悪魔という。現代の悪魔は、昔と変わらず神の顔をしてじわじわと、いのちも仕事も滅ぼしてくるように思われる。

三光鳥の鳴き声

梅雨が明けてここらは今、ゲンコツ花の花ざかりである。ゲンコツ花はカッタバナともいい、学名はヒメヒオウギスイセンである。赤に近い濃いオレンジ色の花で、道ばたであろうと野であろうと、また畑であろうと、いたる処で鮮やかに今を咲き澄んでいる。屋久島ではこれが梅雨明けを告げる花であり、この花が咲きはじめると、ああもう梅雨明けも近いと夏への期待が高まる。そして梅雨が明けると、誇張でなくあたり一面に夢の中の出来事のように咲きそろう。ここらでは、夏はゲンコツ花とともにやってくるのである。

梅雨が明けたと思われたその日に（不思議にそれは感じで分かるものである）、お祝いだ、と言って僕は、その花の二茎三茎を葉ごと鎌で切り取り、家の柱に吊した焼きしめの花びんに活けた。

一歩家の外へ出れば、それどころか家の中にいても窓から外を眺めさえすれば、いくらでも咲いているそんな花をわざわざ活けることもないような気もしたが、活けてみるとやはりよかった。野が花とともにそのまま家の中に入ってきて、家の中がそのまま野の続きになった感じが、活けた瞬間から静かに家の中に広がって行った。

家の戸は、表も裏も始終開け放しになっており、野はいつでも出入り勝手であるはずなのに、やはり人間というものは「家」によって、野とも森とも一定の隔たりを作って住んでいるものなのだということが、そのことによってそうかと分かった。


里の集まりの時にある人が、この頃朝早くからカッコウ、カッコウと鳴くので、外に出てみると鳴いているのはカラスで、おかしなカラスがいるものだ、ということを言いはじめた。すると他の人が、自分もカッコウを聞いたことがあると言い出し、もう一人の人もやはりカッコウを聞いたと言い出した。

この島に住んで十六年になるが、僕はまだここでカッコウを聞いたことがない。カッコウは東北の鳥だと頭から思い込んでいるし、聞いたことがないのだから、この島にカッコウがいることは信じられない。目の前にそれを聞いたという人がいても、やはり信じることができない。

半信半疑の人達と聞いたという人達の間でしばらくやりとりがあった後、一人が「それは賢至がタッコウ、タッコウと呼んでる声だったんだろ」と言い出して、大笑いとなって終った。その彼女の名は田津子さんといい、イメージがカッコウに似ているようでもあったからである。

集まりが終ってから家に戻り、僕は『上屋久町郷土誌』という町の刊行になる部厚い本を取り出し、動植物の項目で、本当にカッコウがいるものか調べてみた。すると、ホトトギス科の鳥の中に、ホトトギスやツツドリという鳥とともに、やはりカッコウが旅鳥としていることが記されてあった。そう記されているからにはいるのであろうが、実際に自分の耳で聞いていないので、やはりいると確かに信じることができない。信じることの薄い者には、カッコウもその声を聞かせようとはしないのであろうか。

カッコウは聞かないが、この頃はサンコウ鳥の鳴き声をしきりに聞く。『郷土誌』によると、これは正確にはリュウキュウサンコウ鳥と呼ぶようであるが、以前はその鳴き声を聞いたことがなかった。僕より少しばかり深く森の中に住んでいる人が、サンコウ鳥をよく聞くと教えてくれたが、自分では聞くことがなかった。

それが昨年から、突然家のすぐ近くでその鳥が鳴きはじめた。

サンコウ鳥は、ツキホシヒーポイポイポイ、ツキホシヒーポイポイポイ、と鳴くので、それを月と星と日の三つの光に喩え、三光鳥と呼ぶのである。一度だけその姿を見たが、体長はめじろくらいなのに尾がすっと長くのび、体長の二倍ほどで、腹は白く背は黒紫色のじつに美しい鳥であった。

夜が明けてくると同時に、毎日サンコウ鳥が鳴く。ツキホシヒー、の部分ははっきり聞き取れないが、ポイポイポイははじけるように鮮やかに聞かれて、間違いなくそれと分かる。

家の中にいても一日中聞こえてくるが、ある時ブルーベリー畑の草刈りをしていると、すぐ側で、五メートルとは離れていない森の中で、それが鳴きはじめた。今こそツキホシヒーの部分を聞き取る時だと思い、鎌の手を休めてじっと耳を澄ませていると、ヅキヅキヅキッとおもむろに鳴きはじめた。ホシヒーはやはりはっきり聞きとれないが、ヅキヅキッと二回か三回鳴いてホッホウと移り、ポイポイポイは明らかに高くはじけるように鳴く。

聞いていると草を刈ることも忘れて、いつのまにかサンコウ鳥に吸いこまれてしまう。草を刈ることも大事だが、サンコウ鳥を聞くことも同じように大事だ。今はサンコウ鳥を聞くことの方が大事だ。そんなことを心の内に思いかすめながら、いつしかその思いもなくなって、美しいその鳥の鳴き声の中にあった。

思い返してみると、三光鳥の噂を聞いてから実際に自分の耳でそれを聞くまでに、十年以上の時間が経っている。カッコウの噂を聞くのはこの一、二年であるから、自分がそれを本当に聞くには、また十年くらいの時が必要なのかもしれない。

たあいもない二種類の鳥の話であるが、森に住んでいると、そんなたあいもないものの内に、じつは生きることの全内実があるのだということが分かってくる。カッコウと並んで、アカヒゲやアカショウビンをこの島で聞きたいと思うが、そんな贅沢が許されるものなのかは心もとない。

回帰する時間

九月に入ると、山では鹿が啼きはじめる。繁殖期に入るためである。クィーオウ、クィーオウという啼き声を、昼間も聞かないわけではないが、夜になるといっそう明らかに、はっきりと聞く。夫婦のどちらかが先にそれを聞き取って、

「鹿が啼いている」

と、相手に知らせる。二人で耳を澄ませていると、待つまでもなく山の暗闇の奥から、物悲しい笛の音のようなその啼き声が聞こえてくる。

なぜとも知らず心を満たされて、また新しい季節が巡り帰ってきたことを、確認する。

二年前に、『回帰する月々の記――続・縄文杉の木蔭にて』というタイトルで、新宿

書房というところから一冊本を出した。出版に当って編集者から、回帰する月々の記、というタイトルは今ひとつぴしっとしない。他によいタイトルを思いつかないか、と提案があった。大分考えたのだが、回帰する月々、回帰する年々、つまり回帰する時間、というものにこだわりたくて、何とかこのタイトルでお願いしますと、わがままを通させてもらった。

この号が出る頃には、気の早い人々はすでに半ば過ぎ去った出来事として忘れかけているかもしれないが、今は毛利さんがエンデバーに乗って「宇宙」の旅をしている最中で、「宇宙」からのテレビ中継で子供達に、次に宇宙船に乗るのは君達だ、と呼びかけているところである。わが家の小学六年生の子供も、ふわふわ浮いているような「宇宙」飛行士達や、手から放しても落ちないりんごの画面などを見ながら、宇宙飛行士になりたいなあ、と素朴に思いを馳せている。

一方ではまた、屋久島の森が他の三地域とともに国連の世界遺産の対象に推せんされるという出来事があり、県の事業である「屋久島環境文化村構想」とあいまって、このところ我々の島の注目度が高い。

世界遺産条約の中味がどういうものなのか分からないが、「地球の進化史を代表するもの」という選定基準があるのだという。

「宇宙船」という思想（感覚）、「地球の進化史を代表する」という思想（感覚）の両者に共通しているものは、時間は直進して止まない、という思想であり、感覚である。この場合、時間はすなわち文明である。文明は進歩直進して「宇宙」時代へと必然的に入り、時とともに地球は進化して全体的に文明世界になるゆえに、貴重な自然を遺産として、つまり遺物として保存しようというのである。

時間を直進性においてのみ見る限り、地球の未来は宇宙にしかなく、屋久島のような自然は遺産・遺物として、すでに過去のものであるゆえに大切にされる。少し乱暴にいえば、同じく推せんされた法隆寺や姫路城のような、人間の住まない過去の遺物と、同等のものとなってしまうのである。

人が不可逆的に老い、時間が不可逆的に前へ進むという事実を、僕も否定する気持はない。時とともに文明は進歩するだろうし、我々が飛行機に乗る感覚で「宇宙」船に乗る時代もいずれは来るであろう。

けれども、地球が太陽の周囲を公転しつつ自転するという基本的な物理が変わらない限り、時はまた回帰するという性質を逃れるわけにはいかない。我々は太陽とともにあらざるを得ないのだし、巡り帰り廻り帰りする四季とともにあらざるを得ない。

時は真直ぐに進んで行くという思想に並行して、時は巡り、回帰するというもうひとつの思想が、遺産ではなくてもうひとつの未来を開く思想として、確立される必要があるのだと思う。

屋久島が世界遺産に推せんされたことはうれしいことであるし、毛利さんがエンデバーからメッセージを送ってくるのも夢のあることであるが、もっとうれしいことは、こうしてここで夜ごとに冴えかえる鹿の啼き声を、夫婦で楽しく聞けるということであり、また夢という言葉を使うならば、我々の子供達が成人してからも楽しくこの島に住み、今の我々のように楽しく鹿の啼き声に耳を澄ますようになるならば、それが夢であるといえる。

その意味で「屋久島環境文化村構想」は、何よりもまず島の過疎化を止める事業でなくてはならず、過疎地と呼ばれる地域が逆に未来を開くモデル事業とならなくてはならない。回帰する時間から見れば、屋久島は遺産ではなくこれからの未来の島なのであり、エンデバーは「宇宙」に公害をまき散らす、最先端の悪しき遺産なのかもしれないのである。

森の時間は、比喩的に言えば、千年一日の時間である。森の木々の一本一本は、直進する時間とともに、百年をかけ五百年をかけてゆっくりと成長し、やがて枯死するが、森全体としては人手さえ加えられなければ、千年一日の如く変わらない。春には花咲き、夏には激しく繁茂し、秋には実り、冬は黒ずむ。

森においては、直進する時間と回帰する時間はありのままに調和し、直進する時間が回帰する時間を支配することはないし、回帰する時間が直進する時間を支配することもない。

また、同じ一日二十四時間を、樹も人も共有しているのであるが、樹の一日は千年の如くにゆっくりしているように見える。

僕達の文明は、全体としてどこへ行こうとしているのだろうか。皆が毛利さんになれば文明の完成であろうか。そんなことであるはずがない。毛利さんも文明ではあるが、鹿の啼き声もより必須の文明であることを、僕達は決して忘れてはならないのだと思う。

ムラサキシキブの実

先頃、東京から一本の電話が入った。

淡路小学校という百十七年の歴史を持つ母校が、今年度限りで統廃合になってなくなるので記念誌を出すとのこと、それに一文を寄せてほしいとの依頼であった。

日本の中心の東京、東京の中心の千代田区、その千代田区の淡路小学校と、在校中は無意識の内にも中心という雰囲気を植えつけられて育った僕としては、時代がそのようにして「中心」の小学校を廃校にしてゆくことに、複雑な思いがあった。

十年ほど前だったか、たまたま上京して母の家に泊り、母から当時のその小学校の噂を聞いたことがあった。母が言うには、その年の淡路小学校の新入生は十七、八名であったそうで、その分でいけばその小学校が廃校になるのも、時間の問題だということであった。

その年の屋久島の一湊校区の新入生は三十名近くあったので、

「何だ、それじゃあ千代田区の方が屋久島よりずっと過疎が進んでいるんだね」

と、少々は自慢しながら話したことを覚えている。

むろん千代田区の昼間人口は、減るどころか増えているのだと思う。けれども、夜をその地に眠る人々がいない。その地で子供を産み育てることを生活圏と呼ぶとすれば、生活圏としての千代田区は、文字通り屋久島以上の過疎地となってしまったのである。一湊校区の新入生も三、四年すれば十名を切るのだし、昼間人口もむろん減り続けているのだから、事態は屋久島の方がはるかに深刻なのではあるが、生活圏が危機にひんしているという点では両方とも同じである。

一方は文明社会の「先端」にあることによって危機にひんし、一方は「後端」にあることによって危機が進む。その「先端」においても「後端」においても、生活圏としての危機を生み出さずにおれぬ文明社会は、やはり根源的にその質を転換せねばならぬ時期にさしかかっているのである。

午前中は曇っていた空が、少しずつ明るくなり、やがてぱっと陽が広がる。その陽はすぐにまた閉ざされてしまうが、しばらくすると再び以前より明るく、濃い日差しとなって木肌を照らす。天気は回復する様子である。

初冬の日差しを受けて、ムラサキシキブの実が日一日とその紫の色合いを濃くしている。野生のムラサキシキブは、高いものは四、五メートルにまで伸びて、実の熟れた一枝を折り取ろうにも手が届かないものも多い。ありがたいことに、その実は猿が食べず、小鳥達もあまり食べないから、これから冬が深まるにつれてますます僕達の眼を楽しませてくれる。

ムラサキシキブというのは、息の長い植物である。淡いピンク色の花を咲かせはじめるのは五月頃で、それ以後少しずつ新梢を伸ばしながら次々とそこに花を咲かせ続ける。十一月頃になって、早い実はもう紫色に熟れてくるのに、伸び続けている新梢ではまだ花を咲かせているのである。花期が長いという点で、これほど息の長い植物はほかにあまりないように思う。

けれども、その花はじつに淡いピンク色なので、よほど注意して見ないと眼につかない。屋久島ではメメバナと呼んでいるが、メメバナを手折って活けるほどの人は、僕は一人か二人しか知らない。

小灌木ながら落葉樹であるムラサキシキブが、誰の眼にも鮮やかに見られるようになるのは、十二月に入ってからである。この島では葉は完全に落葉しないが、それでも葉がまばらになった梢に、この植物の名前の由来となった濃い紫の実が目立ちはじめる。リンドウの花びらなどは同じ紫系の色でも青紫であるが、ムラサキシキブの実は正真正銘の紫色で、これが紫色だという紫である。

山裾などにも多く自生しているが、海岸近くにもやはり多く自生していて、僕は晴れた日の海を背にして輝いているその実を眺めるのが好きである。

紫という色は、日本では紫衣僧という言葉にも見られるように、高貴な色として大切にされてきたのであるが、僕にとってはそれは長い間「ピカソの紫」であった。晩年のピカソが紫色を使う時、それは死を象徴する色であったことを知っている人は少なくないだろう。学生時分に行われたピカソ大回顧展でその色を見て以来、僕にとっても紫は死の色となった。

この島に住んでいつしかもう十六年になるのだが、ということはもう十六度もムラサキシキブの実の季節を迎えるということなのだが、少しずつ少しずつその色がピカソの呪縛から解き放たれて、ただのムラサキシキブの実になってきた。

ピカソなど縁のない島人の一人になってきたのである。

けれども、それを忘れ果ててしまったというのではむろんない。午後の明るい日差しを受けて、海を背に純粋紫色に輝いているその実を眺めていると、そこには生が輝いている分だけ死も輝いている。というより、死が輝いている分だけ生が輝いている。

制度化された紫衣僧などという階層には興味はないが、紫という色が高貴な色と感受された日本の伝統は、日本全国の山野に自生しているというこのムラサキシキブの実の色に、源を持っているのではないかと思う。屋久島の冬はムラサキシキブの実とともにある。文明の問題、文化の問題を考えるささやかな切り口は、こんな処にも自生しているのだと思う。

猿の学習

先の章で、ムラサキシキブの実は猿が食べない、と書いた。それは僕のこれまでの経験から直感的にそう書いたのであり、ムラサキシキブの実を集めておいてそれを猿に与え、食べるかどうか実験してみたわけではない。毎年、大寒に入ってこの島が一番冷え込んでくる季節に、海辺に、野に、山辺に、純粋紫色の実を輝かせてくれるムラサキシキブを見なれており、そのようにどこにおいても実が見られるからには、猿はそれを食べないものと思いなしていたからのことである。

ムラサキシキブではなくてヤマイモの実について言えば、これもムラサキシキブ同様に島中のいたる処に自生していて、秋ともなれば木々の梢にからみついたツルに多くの実をつけてくれる。ヤマイモの実は、それを採り集めて御飯に炊き込むという楽しみがあるので、人間としてもやたらには見逃すことができないその季節の風物である。けれどもそれは、猿にとっては必須といってよいほどの食物であるから、十一月の終りになって立派にその実が輝くころまでには、ことごとく猿の口に入ってしまう。人は悔しい思いはするが、野のものは元より猿のものであるから、梢で実を食べている猿の群れを見ても石を投げつけたりはしない。

猿だけでなく小鳥達も食べるのかもしれないが、その結果、年を越した新年の風景の中にヤマイモの実を見るということはない。それゆえ、年を越しても毎年どこでも見られるムラサキシキブの実は、猿の食物ではないと勝手に思い込むことになったのだった。

文章を書くということは、行動することと同じで、その結果にそれ相応の責任を負わなくてはならない。猿はムラサキシキブの実を食べない、と書いてから何週間かたったある日、ムラサキシキブの実をばりばり食べている一匹の大猿に出会った。出会ったというより、家の庭畑に自生している高さ三メートルほどの木の、今年は今までになくよく実のついたそれを、枝をへし折って無遠慮に食べている現場に、面と向き合ってしまったのである。

自生しているものとはいえ、そこは家の庭畑であり、日々にその純粋紫色の実のたたずまいに、生命の源相という慰めを与えられている処であったので、かつまた自分の書いた文章が間違いであることを見せつけられることともなったので、僕はやにわに辺りの石を拾って、その大猿めがけて投げつけた。石は当らず、それでも猿はむろん逃げたが、しばらく他の用を足してもう一度そこへ戻ってみると、同じ猿がやはりそこに戻って実を食べているのだった。立派に、鈴鳴りに光っていた実はもうあらかた食べつくされて、見る影もない。


そういうわけで、猿はムラサキシキブの実も食べると訂正しなくてはならないのだが、それではなぜヤマイモの実のようにすっかり食べつくされないのか、という疑問が残る。

庭畑の木を無残に食べてしまったひとり者の大猿は別として、わが家のある谷間の一帯にはそれぞれ二、三十四の群れからなる二群がナワ張りを持っていて、一週間から十日置きくらいに谷中の場所場所を巡回して廻る。それだから、ムラサキシキブの実が彼ら彼女らの大好物であるとすれば、それは決して年を越して人の目に触れることはないはずである。けれども今年も、わずかに残された庭畑のその実をはじめとして、谷のあちこちで純粋紫色を見ることができるし、海辺にくだればもっと豊富にその光を見ることができる。そこで僕が出した結論は、猿はムラサキシキブの実を食べるけれども、ヤマイモの実やポンカンやタンカン、ビワや栗やスモモやシイタケ等の栽培物に比べれば、その嗜好度ははるかに低い、ということになる。ヤマイモの実もそうであるが、人の栽培物であれば、猿は放っておけば一個残さずことごとく食べ尽くしてしまうものである。

ダイダイは、正月のしめ縄にも飾るみかんである。ダイダイの樹が家に二本あるが、これは酢がきついのでさすがの猿も手を出さない。けれども、三年前に飾った正月のしめ飾りのダイダイは、飾りつけたその日の内に、多分ポンカンと間違われて、猿に喰いちぎられてしまった。玄関の下に、一ヵ所だけ噛み跡のあるダイダイが投げ棄ててあった。それで学習したのか、去年の正月にはしめ飾りは無事なまま松の内が終るまで、ちゃんと玄関の上にあった。当然のことではあるが、猿も学習すると喜んで、機会があると、もがれなかったダイダイのことを友人達にも語って、面白がった。

今年の正月も、もう学習したはずだからと安心してしめ飾りを飾っていたら、二日の午後に屋根からにゅっと黒い手が伸びてきたのを、たまたま見てしまった。庭のポンカンを一個残らず食べられた後なので、用意してあった竹竿を手にしてそっとしのび寄り、えいとばかりに突き立てたが、いつものことでやはり向こうの方が一足早く、かすりもしないで逃げられてしまった。

何とか勝負になったのはその一回のみで、三、四時間後に外出から戻って見ると、ダイダイは見事にもがれ、一昨年と同じく一口だけ齧られて、玄関の前に投げ棄てられてあった。体の大きさからして、先にムラサキシキブの実を食べたのと同じ大猿である。

猿は学習するが、すぐに忘れる。二年たったら忘れてしまうのである。だが猿を笑ってもいられない。僕にしても、肝腎の一大事を、二日もすれば忘れてしまう猿よりひどい存在の仲間のようであるからである。

闇夜のイタチ

イタチは黒いつぶらな瞳をした可愛い動物である。

哺乳動物が少ない屋久島では、鹿、猿の次に野生の哺乳動物としてはこのイタチが挙げられ、さらに小さいものにジネズミやモグラがいるが、その他にはどうも哺乳類とは思えないコウモリがいるだけである。

毎年二月三月の、ひどく寒くなったりぼっと暖かくなったりする季節になると、イタチが出没しはじめる。むろんイタチは一年中出没しているのだが、ニワトリ小屋をねらうのはおおむねこの二月三月の二カ月間だけである。台風並みの北西風がごうごうと吹き渡ってひどく冷え込み、今夜あたりはイタチが出そうだがと気づかっていると、案の定、ニワトリ小屋からふりしぼるような断末魔の悲鳴が聞こえてくる。

ニワトリは夜は眼が見えないから、小屋にさえ侵入すればもうイタチの天下で、一分の狂いもなくニワトリの喉元に喰らいつく。ニワトリとしては、そういう夜行性の小動物を恐れてこそ高い止まり木に並んで眠っているのだが、イタチは木も登るのでひとたまりもない。宵の口であれば、悲鳴を聞けばこちらも素っ飛んで行ってニワトリを助けるが、寝入った後での出来事であればどうしようもなく、朝になって無残に首の骨をさらした死骸を見るばかりである。

イタチは昔から忌み嫌われてきた動物だったようで、よく知られている「イタチの最後っ屁《ぺ》」の他にもイタチに関わることわざがいくつも伝えられている。「イタチ無き間のテン誇り」は、弱い者が強い者がいない間だけ威張っている(同じ小もの同士なのに)悲しい風景であるし、「イタチの目陰《まかげ》」というのは、イタチが逃げる時にひょいと振り返って疑い深そうに人を見つめることからきた、小心で深い疑いの眼差しのことを言う。「イタチの道切り」は、イタチが眼の前を横切ると何かよくないことが起こることを言う。人に会いに行っても不在であるとか、仕事先で怪我をするとか、化かされるとか、死者が出るとも言う。「イタチ集まりて鳴くは不祥の兆」と言って、空のカラスの鳴き声とともに嫌われてきた。「イタチ笛吹く猿奏《かな》ず」は、小動物の世界にも楽しみのあることの自嘲的なたとえであり。「イタチ眉目《みめ》よし」は、イタチに出会った時にそうおだててあげると悪いことが起こらないのだと言う。

これらはすべて日本の伝承であるが、カリフォルニア州近在に住むピットリバーインディアンの間では、イタチはその昔世界に火を放って滅ぼした者だという伝承があって、やはり悪役を背負わされている。興味深いことに、日本の伝承にもやはり、「イタチが鳴くと火事がある」というのがあって、イタチと火事の底知れぬ深い関わりを言い伝えている。イタチの鳴き声は低い鋭い「チッチッ」という調子であるから、もしかするとそれが火打ち石を打ち合わせる音に似ていたせいかもしれない。

六、七年前に二十五羽ほどひな鳥を入れて、それ以来ずっと同じニワトリを飼い続けている。病死したのも何羽かいるが、たいていはこの二月三月のイタチの季節にやられて、年々少なくなり、去年の冬にはとうとうオス一羽メス二羽にまで減ってしまった。

大きなトリ小屋に三羽はいかにも淋しいが、残り少なくなった分だけいとおしく、それなりに大切にいつまでも飼い続けようと考えていた。

去年は一羽もやられず、三羽のままでこの冬を迎えたので、こちらに油断があったのかもしれない。ある朝トリ小屋に行ってみると、立派なトサカを持っていたオスが、首の骨をむき出しにされた上そのトサカまでまるまる喰いちぎられて死んでいた。

イタチは、一度血と肉の味を覚えると必ずその場所にまた現れる。オスをやられて、こちらもにわかに緊張が高まり、木刀などを用意して待っていると、それから二週間ばかりたった夜中の三時頃、はたしてトリ小屋から断末魔のような悲鳴が聞こえてきた。悲鳴が聞こえている内はニワトリはまだ大丈夫だから、跳び起きて左手に懐中電燈、右手に木刀を摑んでトリ小屋へ走った。喉首に喰らいついているイタチめがけて木刀を打ち込んだが外れた。小屋の中を逃げまわるイタチを追いつめて叩き殺した時には、こちらも息が切れてふらふらするほどであった。

それから四、五日後、今度は夜の十時頃、またけたたましい悲鳴が起こった。素っ飛んで行き、今度は一発で喉元に喰らいついている奴を叩きのめした。これで二匹、夫婦ものをやっつけたと安心して、その夜は久し振りにぐっすり眠った。ところが翌朝、残っていた二羽の内の一羽が、先のオス同様に首骨を無残にさらし、胴体までも半ばは喰われて、あたり一面に羽を散らばせて死んでいた。イタチもさるもの、波状攻撃で、夜の闇の中には無数のイタチが潜んでいることが、恐ろしいような実感として感じられた。

その日の夜、僕はもう一匹イタチを叩き殺したが、もうそこまでで、その夜から一羽になってしまったトリを頑丈な木箱に入れ、上からふたをし重い石をのせておいて、眠ることにした。不眠の夜続きと、イタチを憎むことに疲れ果ててしまったのである。夕方、止まり木に登ったトリを木箱に移すのは少々可哀想だが、一晩中神経をとがらせているよりずっといいし、イタチも殺さずに済む。

これで今年のイタチとの戦いは終ったが、今度は台所に出没するようになった奴らに「イタチ眉目よし」と、お世辞を言う気持にはまだなれない。

三万年前の調理場

このところ、画期的といってよい考古学上の発見が相次いでいる。

年代的に古い順に挙げると、四月（一九九三年）の半ばに北九州市で発見された二十一種類の淡水魚類の化石は、中生代白亜紀前期のもので、一億三千万年から一億二千万年前のものであるという。

この発見により、当時北九州から山口県西部、さらには中国の浙江省にかけて大きな淡水湖があったこと、あるいは北九州と中国の浙江省方面が現在よりはるかに近接していたことが推測され、陸地の移動に伴う現在の日本列島の形成に手がかりが得られたという。

三月の上旬には、福井県の勝山市でやはり一億二千万年前頃の地層から、ドロマエオサウルスと呼ばれる肉食恐竜の、完全な足骨の化石が発見された。さらに五月半ばには、熊本県の御船町の各種の恐竜の化石が出る遺跡から、九千万年前（白亜紀後期）のズンガリプテルスと呼ばれる翼竜、つまり空を飛ぶ恐竜の翼の骨の化石が発見されたと報じられている。

この三つの発見においては人間が登場しないが、同じく五月半ばに報道されたもので、宮城県の築館町・高森遺跡は種々の旧石器類を出土する、人類がすでに存在していた遺跡であった。この遺跡の時代測定がなされた結果、時代はほぼ五十万年前に遡り、これは日本における人間の最古の遺跡であるとともに、年代的に北京原人と同時代とされるために、日本においても原人（Homoerectus）が存在したことが実証されることになった。ピテカントロプスやジャワ原人、北京原人と同時代の原人達が、現在の日本列島においても、すでに火を使い簡単な石器を用いて生活していたということになる（編集部註　その後、高森遺跡はねつ造されたものであることが確認された）。

宇宙へ宇宙へと、我々の未来、意識の先端が伸びて行く一方で、意識の根とも呼ぶべき一方の先端は、奥深い地層を過去へ過去へと遡って行く。考古学は、なぜか僕にとっては最も安心な学問の分野なのである。

三月十日の報道によれば、種子島の南種子町・横峰遺跡で見つかった円形に並べられた礫群《れき》（こぶし大の小石）は、三万年以上前の後期旧石器時代の人々の調理場であったと推測されるという。礫群が赤く変色してひび割れが多数あることなどから、魚やヤマイモなどを焼いた調理場跡である可能性が高く、そうであるとすればこれは日本で発見された最も古い調理場跡であるという。

僕達からすればお隣の種子島で、旧石器時代から人々が住んでいたことが現実に知られて、なぜかほっと心が和《なご》むものがある。三万年以上の昔から、種子島で人々は生き続け、死に続けてきたのである。人々が　生き続け、死に続けてきたという事実の海山は、僕達の今のこの生をより深く肯定し、死をより深く肯定することに、深くつながるものである。

考古学、あるいは日本の古史という点からしても、種子島でそのような遺構が発見されたことは重要である。九州より南の島でそういうものが発見されたことは、北からのみではなく南からの文化の伝播のルートが予想できるからである。

南からの文化の伝播という点で、もうひとつ重要な発見が四月の下旬に報道された。指宿《いぶすき》市の南摺《すり》ヶ浜遺跡から発掘された「南島土器」の破片は、約二千七百年前の縄文晩期の地層からのものであった。「南島土器」は、琉球列島や奄美群島に特有の縄文土器であり、それが二千七百年前にはすでに指宿に持ち込まれていたことによって、土器文化が南（琉球・奄美）から逆に本土へ伝播されていたことが判明したわけである。

縄文前期の九州の土器が沖縄本島で発見されてもう久しいから、本土から沖縄へという文化伝播はすでに実証済みであったが、今回の発見によって、南から本土へという当然予測された逆伝播の事実が確認されることとなった。

北から南へ、南から北へ、海を越え山を越えて文化は伝わる。西から東へ、東から西へとも伝わり続けてきたであろう。

文化というのは、一言でいえば、善いもの、の別名である。人にとって善いもの、それが文化である。人類考古学によれば、人は、猿人から原人、原人から旧石器人、旧石器人から新石器人へと変化（進化という言葉は好きでないので使わない）してきたのであるが、その二百五十万年ないし三百万年の歴史を通して、常に人にとって善いものは、火であり、水であり、土であり、木であり、石であった。

銅や鉄が文化となるのは、人類史のせいぜい最後の一万年間内の出来事である。だからといって金属の文化を否定することはできないが、金属の使用に象徴される現代文明がさらに二百五十万年維持できるかと考えると、大方は悲観的にならざるを得ない。

原子力ではない自然の火を文化とする限り、僕達はさらに二百五十万年の展望を持つことができ、水を人工物で汚染しない限り、同様の展望を持つことができる。二百五十万年といっても、太陽系の寿命がまだ三十五億年はあるというのだから、その大時間にあっては微細な時間にすぎない。

不安であり続けるものは、文化ではない。考古学が僕達に安らぎをもたらすのは、例えば火があれば、僕達は生きていける、ということを実証してくれるからであろう。種子島の三万年前の調理場跡、という報道は、それ自体が安らぎをもたらすものであり、未来を開いてくれる文化なのである。

原生の森、原生の時

ヤマモモは、山桃とも書くが楊梅《やまもも》とも書いて、関東以西の温暖な海岸近くの山に自生する植物である。照葉樹林を形づくる多くの照葉樹の内のひとつで、一年中緑の葉をみっしりと繁らせている。六月の半ば頃になると、小指の先、あるいは親指の先ほどの実が房になって、赤紫色から黒紫色に熟れてくる。

最近では、そのヤマモモが商品として売られているという噂を聞かぬでもないが、僕の感じではとびきりおいしい果実であるにもかかわらず、商品化されない野生の実の代表格として、狩猟採集時代から続く今も大切な果実のひとつである。

なにもかもが商品である時代にあって、誰のものでもない（ということは誰のものでもある）山の木に登って思う存分にその枝々から、特有のツンと香る実を次から次へと食べる時ほど、自然の恵みというものを直接に感じる時はない。むろん猿達もその実が好物で、彼らも枝から枝へ、木から木へと渡り歩いて食べ続けるのだが、ほぼ隔年に訪れる成り年の森では、さすがの彼らにも食べ尽くせないほどヤマモモは実る。

屋久島の島一周の県道は約百キロであるが、その内の約二十キロの部分は西部林道と呼ばれていて、その地帯は海へ落ちる崖が急峻なので人が住めない。この二十年来、京大の霊長類研究所のスタッフ達がその無人地帯で猿の生態研究を続けているが、その人達の話によると、海岸から千数百メートルの高度まで途切れることなく垂直分布している照葉樹林は、日本の国内ではほかに例がないばかりでなく、世界的に見ても大変貴重なものだということである。

その垂直分布する照葉樹林は、すでに島一周の県道によって連続性を寸断されてはいるが、部分的には現在も道路の両脇から繁り立つ樹々が頭上で枝を交えて、緑のトンネルと呼ばれるようなほの暗い林道を形成している。その一帯がヤマモモの宝庫で、毎年六月になると僕達はそこへ遠出して、半日あるいは一日をかけてヤマモモ採りを楽しむ。一帯の森は、太古以来さまざまな形で島人達がかかわってきた森であるから、むろん人跡未踏、千古不伐の原生林ではない。けれども地形が急峻ゆえにやたらには人が入ることができないために、原生林あるいは原生の森という実態に限りなく近い状態で広大な森が残されている。すでに貫通している県道を使って、僕達は車でそこへ入って行くのであるが、それはヤマモモを採るのだけが目的なのではない。ヤマモモは六月の一、二週間だけのことで、そのほかの季節にそこへ行くのは、限りなく原生に近い森の息吹を、車を棄てて歩いたり、運転するにしても極度にスピードを落として、ゆっくりと味わうために行くのである。

原生の森には、原生の時が息づいており、原生の時には、あるべき生死の姿という、僕などにとってはそれこそが本物の、生の時間の豊かさが息づいている。

屋久島が世界遺産条約の候補地に推せんされたり、県の環境文化村構想地としてプロジェクトされているのは、その根底に原生の森の原生の時というものが蔵されているからである。文明は、むろん全面的に悪いものではないが、原生の海、原生の川、原生の森から、それが遊離すればするほどその文明は貧しくなることを、僕達は特にこの二十世紀の後半において見てきた。

屋久島が今さまざまな意味で注目されているのは、この島に、ようやく人類規模で気づかれてきた、原生に近い森という古くて新しい価値が、蔵されているからにほかならない。そのことに僕もまた、たとえばヤマモモを採るという実際の行為において、直接に体で気づかされてきたのである。

現在鹿児島県は、エコロードと称してその西部林道に大型観光バスを通すべく、いくつかのトンネルと鉄橋を造る計画を進めている。

観光とは光を観ることであるから、観光自体はむろん悪いことではない。けれども、大型観光バスによる観光によって、僕達は実際にどれだけの生の光を観、手に入れることができるだろうか。観光の規模はできるだけ小さい方がよい。大型バスよりはマイクロバスがよく、マイクロバスよりは小型の電気自動車の方がよいし、自動車よりは、自転車か馬車のようなものの方がはるかに光を観ることができる。

これからの本物の観光は、自分で歩いて体感する観光へと、その質が変わって行くだろうと僕は思っている。まして屋久島を訪れようという観光客は、その本心にあっては、原生の森の原生の時に触れたくて訪れるのだと思う。すでに島民の生活道としての一周道路はあるのだし、観光客がその道を歩いたり、自転車をこいだり、タクシーで好きな処で停まって眺めたりすることはできるのだから、それ以上に鉄橋を造ったりトンネルを造る必要は、全くない。

県は、屋久島環境文化村ということを言うのであれば、もっとこの島を大切にし、大型観光バスの走るどこにでもある観光地化をプロジェクトするのではなくて、本当の意味で世界の観光地となり得るような、長期の展望をはっきりと確立するべきだと思う。

鉄橋やトンネルを造る予算は、西部林道以外の島一周道路のエコロード化に振り向け、二倍、三倍の予算を費やして、現在の醜くコンクリートを吹きつけただけの道路左右の法面《のりめん》の改修その他に充ててほしい。

無人地帯が二十キロも続く西部林道という特別な場所にあっては、そこを、生活の道、原生の道、学問の道、哲学の道と性格づけて、拡幅するよりはむしろ縮小する方向で価値を高めることが望ましい。この場を借りて、敢えて県当局及び、屋久、上屋久両町の行政当事者に強く要望したい。

龍神の目覚め

あれは八月の三十日だったろうか。

新聞の天気図で見ると、沖縄のはるか東南の海上に、「弱い熱低」と記された小さな渦巻が記されてあった。

「悪い位置にいる」

妻と確認し合ったけれどもすぐに忘れて、その日はこともなく過ぎて行った。

奄美、沖縄の人達はもとよりだろうが、われわれ屋久島に住む者にとっても、七月から十月にかけての四ヵ月間は、南方海上に発生する「弱い熱低」の動向ほど気になるものはない。

最初の悪い予感どおり、その熱低はやがて台風十三号に発達し、一両日の内にヘクトパスカルというまだ馴じめない気圧単位はぐんぐん低下して、戦後最大級と呼ばれる強さと規模にまでなった。

屋久島の西およそ百キロを通過して行ったのは九月三日の午前十時から午後四時頃にかけて、枕崎市近辺に上陸したのは夕方の六時頃だったと記憶している。

八月六日の大惨事に続いて、またもや鹿児島地方を中心に多数の死者を出した十三号は、死者こそ出なかったものの屋久島にも、屋根瓦の飛散を主として大きな災害を残して行った。わが家は三方を山に囲まれた谷間に位置しているので、風には比較的強いのであるが、それでも数枚の瓦が飛ばされ、ニワトリ小屋が潰され、洗濯物干し場の屋根が吹きちぎられてしまった。

台風は、この島ではなぜか夜に襲ってくるケースが多いのだが、今回は幸いなことにそのピークが昼間であった。午前十時頃から次第に雨風が強くなり、午後一時頃から二時頃にかけては、どかーんどかーんと大槌で叩きつけるような勢いとなり、そのつど天井の煤《すす》がぱらぱらと舞い落ちてくる。中震程度の地震が一時間も二時間も続いているようなものであった。

午後の間じゅう、僕はトランジスターラジオから伝えられる台風情報を聞きながら、一ヵ所だけ雨戸を閉じていないガラス戸から、樹々が吹き曲げられる様を息を殺すようにして見つめていた。

ぐわっーと強い風雨がくると、四、五メートルの近さの樹々でさえ真っ白に煙って見えなくなるが、それが過ぎると水しぶきの中を立ち直る幹や大枝の黒い影が踊る。台風は生きているもののように、強と弱との呼吸を繰り返しながら、時に大枝を直角ほどにもへし曲げる。瞬間最大風速四十メートル、五十メートル、六十メートルの風雨が、轟音とともに強弱を繰り返してゆくのだった。

夕方の四時頃、それまでで最強とも感じられた吹き返しの風がどかーんと家を揺さぶり、それを最後に風雨は急速に落ち、もう僕達の谷は安全圏に入ったことが確認された。ご承知のように、十三号台風はその後鹿児島と宮崎を斜断して日向灘に抜け、四国と中国地方を横断して日本海へと去って行った。

戦後最大級という触れこみのせいかもしれないが、沖縄のはるか南東海上に熱低として発生して以来、秋田県沖の日本海で温帯低気圧となって消滅して行った十三号の道すじを、ずっと追い続けていた僕に、この台風はひとつ大きな覚醒ともいうべきものをもたらしてくれた。

それは、台風というのは一頭の巨大な龍なのだ、という認識であった。というより、龍の正体、龍の本体は台風だったのだ、という実感である。

屋久島に住んで十七年にもなり、この間強弱大小の様々な台風を毎年迎えてきたのだが、それを龍と実感したのは今回が初めてのことである。

龍の民俗学について勉強をしていないので細緻なことは分からないが、西洋でドラゴンと呼ばれ、インド亜大陸でナーガと呼ばれ、中国、朝鮮、日本で龍と呼ばれるこの想像上の強大な生きものが、実体を持たない仮空の生物ではないことは容易に考えられる。

あらゆる神話は、その底に実体を持っているゆえに神話として成立する。戦前の天皇制神話然り、戦後の経済成長という神話然り、現在の科学技術文明という神話も然り。人間、あるいは人間社会というものは、どのような時代にあっても実はその時代の神話とともに、あるいはその神話に逆らいつつ生きているのだと思う。

龍という神話は、すでに神話として過去のものとなり、僕達は経済という神話を祀り、あるいは科学技術文明という神話を祀ることはしても、龍を祀るという生活からはすっかり遠い地点にまできてしまった。

予言者めいた警告を発するのではいささかもないが、今回の台風で僕は、台風とは生きている龍のことなのであり、龍とは台風をはじめとする大雨大風、竜巻、土砂崩れ土石流そのもののことであると知った。

一九九三年は、梅雨が明けぬまま秋雨前線になってしまった年、夏がなかった年、そして地震、豪雨、台風によって多くの死者と財的災害の起きた年として記憶されるだろうが、僕としては、これを自分の内に龍神が目覚めた年として記憶してゆきたい。

破壊をもたらす一方であるかの如き龍神は、もとより祀りたくはない荒神であるが、祀りの原初にあっては慈神（例えば科学技術神）を祀ると同時に、鎮め給えと、荒神をこそ祀ってきたのだと思うのである。

鎮め給へと荒神を祀るとは、現代にあっては慈神より先に、まず荒神を立てることであろう。

永遠という時と光

縁があって、山崎弁栄《べんねい》聖者の遺稿要集である、『人生の帰趣《きしゅ》』（光明会本部）という書物を読むことができた。

山崎弁栄聖者は、安政六年（一八五九年）に千葉県の手賀沼のほとりで生まれ、大正九年（一九二〇年）に新潟県の柏崎市にある極楽寺で開かれた念仏三昧会を指導中に六十二歳で入寂された、近現代の大念仏者である。浄土宗の僧であったが、光明主義という独自の念仏体系を樹立し、明治大正にかけての近代の個我思想に耐え得る、個我の内なる光明としての念仏を広く伝導された方である。人々は、弁栄上人と呼ぶには物足りなく、いつしか弁栄聖者と呼び慣わして親しみ敬したという。

卑近なエピソードであるが、弁栄聖者は米の粒のひと粒ひと粒に「南無阿弥陀佛」の文字を書き記し、仏教等にはなかなか興味を示さないいわゆる難縁の人々に、仏縁をさずけるべく布施されたという。私なども最初はそのエピソードを風の便りに聞いて、弁栄聖者という人に興味を持ったのであるが、ある時人が「聖者は何故そんな奇術師まがいのことをなさるのですか」と質問すると、「米粒に御名《みな》が書いてあるとあれば、誰でもそれを見、読もうとするであろう。その時に大切な仏縁が結ばれるのである」と答えられたという。

『人生の帰趣』から数行を引用させていただくと、

法身《ほっしん》といふは天地万物に細大となく有《あら》ゆる法を統《す》ぶる処の霊体であるから法身と号し、大霊中に無盡の性徳を具有している故に如来蔵性と名《なづ》く。一切万物は悉《ことごと》く如来蔵性から自然の法則によりて生成《せいせい》して居る。

大法身は万物を産出する父の如くまた万物を養成する方からいへば母のやうにも見られる。然《しか》れば則《すなわ》ち吾人は吾等一切衆生の本源、宇宙の大霊体なる法身如来を号《よ》ぶに大**ミオヤ**として仰いで居る。一切の衆生は本来は大法身より生産せられたる者なれば終局に於てまた一大法身の本覚に帰着すべきが真理と見ざるを得ぬ。

と示されている。

明治大正時代の、それも念仏者のエピソードと言葉をここに引用したのは、「森の時、川の時、海の時」と題するこの連載の「時」という言葉の背後には、永遠という時間概念が否応なしに含まれ、蔵されているからである。

弁栄聖者が、法身《ほっしん》、大法身、大霊体、如来蔵等の呼び名で呼ばれているものは、普通私達が阿弥陀仏と呼んでいる仏のことなのであるが、その阿弥陀仏の原意は、サンスクリット語のアミターバ（無量光）、アミターユス（無量寿）からの音写であり、無量、すなわち永遠そのもののことであった。

阿弥陀仏、あるいは無量寿仏、無量光仏などと呼ぶと、もうそれだけで明治大正や中世の昔の匂いをかぎ、古い仏教や葬式の線香の匂いをかぎ取る人が多いであろうが、「永遠」という言葉であれば、このせわしない現代にあっても、まだ多少のメッセージ力を、その言葉自体が内蔵しているのではないかと思う。

少なくとも私にあっては、「永遠」という言葉は、ただ言葉であることを超えて、実体であり、光である何物かであり、存在物としての重量を持っている。

コンピューターの利便性は今や私達の社会の隅々にまで行きわたり、好むと好まざるにかかわりなく私達はコンピューターという実体事実の利便を受けているのであるが、その実体事実と全く変わらぬばかりか、さらにそれ以上の重量において、私は「永遠」という言葉を受け取らざるを得ない。

「永遠」という言葉、さらにはもっと強く「永劫」という言葉は、不思議な言葉である。

二つの言葉は、本来的に時間性を示す言葉でありながら、時間性を超えたひとつの存在物であるかのように、それ自体としての光を無言の内に放っている。「永遠」は、永遠という時でありながら同時に光でもある。光は空間に固有の現象であるから、時間性と空間性という二つの広がりは、「永遠」という言葉においてひとつに収斂し、コンピューター以上の重量において私の内にあり、外にある。

時間性は、とりあえず太陽系の誕生からはじまってその終滅へと向かう直進性の時間と、無始の宇宙系から展開されて無始の宇宙系へ帰る回帰する時間の二面性を呈しているが、二つの時間（二面性）は、ともにその根拠を永遠そのものに持っていると言わざるを得ない。

直進する時間は、進歩する歴史の時間であり、文明の時間でもある。それは本質的に太陽系の終末を人為によって超えようとする人間の時間である。回帰する時間は、進歩せず変化し変幻するだけの時間であり、より深く永遠と結ばれた、この世の今の時間である。

朝方強い雨が降って、止んだと思ったらたちまちに青空が広がり、太陽が出てきた。雨に濡れた草達や樹達がその光を受けて、無数無量に反射しつつ光の海となった。

その中に立つ私は、二千五百年前にブッダが立たれたであろう時間と同じ時間の中に立っている。その時間は、現れ方が変化しているだけで少しも進歩しておらぬ、永遠の中の今である。

進歩直進は、確かに価値あるひとつの歴史観であり文明史観であるけれども、それだけでは時間の裾《すそ》に引きずられる目的論の空虚しか残らない。私達は、今を永遠とし、永遠を今とした古代の時間を、今こそもうひとつの文明の時間として、取り戻す必要があるのだと思う。

銀色の光の雨

不断光

不断光というのは
心の光である
心の内に　眼には見えず
断えず降りそそいでいる　心の光

眼に見える世界であれば
それは絹糸のような　春の雨

降りそそがれてあるばかりの
静底《せいてい》の　春の雨である
永遠に止むことのない　春の雨である

眼には見えないけれども
不断光　とつぶやけば
音のない静かな光が
銀の糸のように降りそそいでくるのが見える

この世界にあって
世界孤独となったものは
その孤独に耐えることは決《け》してできない
世界孤独より　より深く
どこかへ　帰らずにはおれない

どこかの光へ　帰らずにはおれない
不断光　とつぶやけば
この身は消えて
しんしんと　眼には見えない光の雨が
永遠に降りつづいているのが見える

正月はもうとうに過ぎ去って、今は大寒のさなか、思いはすでに立春へとかかってい
るのだが、振り返って書き初めのことを記しておく。
毎年、松の内の一晩を書き初めの日と決めて、家族で筆を持つのを楽しみのひとつと
してきた。ここ数年は、私は、南無観世音菩薩、南無不可思議光佛、自然法爾、の三種
の文字を書くのが習《なら》いで、三種の言葉それぞれに宿る光を年頭の思いも込めて、受け味
わってきた。
ところが今年は、筆を取っていざ書きおろそうとしても、ぴたりとした呼び名がやっ
てきてくれず、仕方なく例年通りにまず、南無不可思議光佛、と記してみた。それはそ

れで悪くはないのだが、どうもぴたりとこない。文字に、ということは気持に、光が宿らないのである。次には、南無阿弥陀佛、とオーソドックスに記してみたが、やはりこれもどこか違う。私が求めている光、私の中に宿っているはずの光を、その言葉は正確に呼びおこしてはくれなかった。

そこで三度目は、南無清浄光佛、と記してみることにして書きおろそうとした時、不意に、不断光、という呼び名が届いてきた。そうだったのかと了解して、南無不断光佛、と記してみると、その文字が、ということはその言葉が、今年の私の言葉であったことが明らかになった。

正月四日のことで、まだ世界にはお正月の清新が宿っているせいもあっただろうが、私の眼と頭の中の風景には、永遠に不断に降りそそぐ銀色の光の雨があった。太陽系が生まれる前から降りそそいでおり、太陽系が終末した後も降りそそぐはずの、眼には見えない音もない銀色の雨であった。

大寒入りを次の日にひかえた一月十九日から、天気はそれまでの暖冬から一転して冬型に定まり、今日で丸五日間、雨、風、氷雨、霰、雷の日々が続いている。昼間でも真っ暗と感じるほど雲が垂れこめて、ざっと雨になり、霰になり、そうかと思うとたちまち雲が切れて、一瞬ではあるがさっと日が射しこんできたりもする。

屋久島北部の冬に典型的な、激しく変化変幻しつつも全体として暗くうそ寒いお天気の日々である。夜中にヒューンと笛のように鳴る風の音に眼が覚めて小用を足すと、そのまま寝付くことができなくなってしまった。近頃はめずらしいことでもないので、仰向けに寝てみぞ落ちに両手を当てがいながら、お念仏を唱えつつ眠りが訪れるのを待つ。

南無不断光仏、南無不断光仏、と、むろん声には出さず念じていると、吹き荒れる風の音は消えて、細い絹糸のような断えることのない銀色の光の雨が、聴き覚えた新しい旋律のような調子で降りくだってくる。

しばらくその風景に身を任せていると、やがて地の底から別のもうひとつの音がやってきた。

それは谷川が流れくだる音であった。その谷川の音は、常日頃昼となく夜となく聴きなれていて、格別のものではないのだけれど、その夜の私には、大変に新しい別の世界からの音のようにさえ聞こえた。谷川の音は音として聞こえてくる不断光であり、それこそは正真正銘に夜となく昼となく、不断に降りそそいでいる音の光そのものであったのだった。

夜明け近くまでそんな時間があって、やがていつとはなしに眠りに落ちたのだが、私の中には今、不断光、という深い言葉と並んで同時に、アニミズム、というもうひとつの深い言葉が確在している。私のアニミズムには一人の先達があり、『草木虫魚の人類学』（講談社学術文庫）という著作のある岩田慶治先生という方であるが、先生によればアニミズムとは、「自然界の万物のなかにカミを体験することだといえます」と簡潔に定義されている。

ムカデの住みか

十年かそれ以上前に、家の東南側に三坪半ほどの細長い台所スペースを建て増した。素人が見よう見まねでやった大工仕事だから、何年もしない内に雨漏りがはじまり、この三、四年はその漏りかたがかなりひどくなってきた。ちょっと強い雨が降ると、台所中がたちまち水びたしになり、もう限界だと思うけども、天気になればそのことは忘れてもう少しもう少しと、修理に取りかかるのを引き延ばしてきた。

このままでは今年の梅雨は越せないことがはっきりしてきたので、五月に入ってから修理にかかった。

屋根にのぼり、瓦を一枚一枚はがしてゆくと、ここらで平木《ひらぎ》と呼んでいる瓦の下張り材が朽ちていて、瓦をはがしただけで台所のあちこちが丸見えである。平木を支えている桟木《さんぎ》も朽ちていて、手で押せばそのまま下へ崩れ落ちていく。桟木を支えている垂木《たるき》もかなり痛んでいるが、二、三本を除けばそのまま使えそうで、垂木《たるき》ごと総取り替え（ということは屋根ごと総取り替えということになる）の工事にはならずに済む様子であった。わずか三坪半ほどのスペースだから大した面積ではないのだが、自分ひとりの仕事だからそれなりに時間がかかる。一日の午前中いっぱいをかけて、屋根の半分を取り除くことしかできなかった。

その午前中に、はがしてゆく瓦とその下の平木の間に、二匹の蛇が住みついているのに出遇った。一匹は肌色の四十センチほどの小さな蛇で、もう一匹は黒くて六、七十センチほどの中型の蛇であった。いずれもマムシでないことは明らかだが、何という蛇なのか種類は分からない。

最初に見つけたのは肌色の方で、あっと驚いてそのまま見ていると、半ば朽ちた平木伝いにするすると軒へ逃げ、そこから下へ転落していった。平木をはぐために私は鉄のバールを持っていたから、それで蛇を一撃することもできたのだが、そんなことはするまでもないという気持であった。蛇は家のカミであるという、昔からの言い伝えもあり、長年かどうかは分からないが、雨漏りにもめげずにそこに住んでいた者に、なにがなし共住者のような親しみを感じ、住みかを荒らして済まないと思う気持さえ感じた。

二匹目の黒蛇は、軒へは逃げず、まだはがしていない先の瓦の中へと逃げていった。黒蛇は少々大きかったので、そいつが台所へ落ちたりしたらひと騒ぎだなあと思ったりもしたが、やがてそこの瓦も全部はぐのだし、そうすれば居場所はなくなるわけで、撃退するまでもないことであった。

二匹の蛇に加えて、瓦と平木の間、平木と平木の間に住んでいたのは合計六匹か七匹の大ムカデであった。いずれも体長十五センチほどの黒光りする立派なムカデで、住みかを荒らされた彼らは大あわてで、ある者は台所へと落ちていき、ある者は先の瓦の下へ逃げていき、ある者は軒先へ逃げてそこからどこかへ消えていった。

蛇には家のカミという言い伝えがあるが、ムカデにはさすがにその種の言い伝えはない。けれども、その日の午前中だけでそれだけの生きもの達がそこを住みかとしていたことを知り、私にはある種の感慨があった。人間だけで住んでいるつもりであったのに、じつは蛇もムカデもいっしょに住んでいて、お互いに損い合うこともなく過ごしていたのだ。

なにがなし、地球の仕組みというものを眼の当りにしたような、ささやかな満足感が私の中にあった。蛇やムカデやクモやヤモリ、眼には見えないもっと小さな者達と、私達はすでにともに住んでいるのである。

晴れの日が続いて工事はすすみ、屋根の下板も張り替え、その上をルーフィングというビニール材でおおい、今度は一枚ずつ瓦をのせていく作業に取りかかった。まだ使えるので、瓦は古いものをそのままもう一度のせる。瓦組みは素人にはもともと困難な専門技術だから、素人の私としては注意の上にも注意をして、それでもどうしても並びの筋が曲がり、瓦と瓦の間にすきができて苦労をした。

妻に一枚ずつ手渡してもらい、それを並べてゆくのであるが、調子が出てわれながらうまく並んでいくなあと思っていた途端に、受け取った瓦の手にギッと激痛が走った。

それがムカデにやられたことであるのは瞬間に分かって、激しく手を振ると、十五センチばかりの黒々とした立派なやつが、まだ瓦をのせていない部分の屋根に振り落ちた。受け取った瓦の裏側にムカデがひそんでいて、ムカデごと瓦をつかんだものだから、ムカデとしては存分に私を咬まねばならなかったのだ。

ともに住むという佳い思いはたちまち失せて、私はそくざにそのムカデを殺した。背中は黒々としているが、お腹はなまなましい肌色で、足は赤いような色をしているムカデだから、殺しながら、殺しているという感情をかき立てられずにはおれない。

もとをただすまでもなく、悪いのは私であってムカデではない。地球の仕組みの中で、人間の名を借りて私達は、そういう悪をいくつも繰り返してゆく。

たちまちに腫《は》れあがり、ずきずきと痛む右手をこらえながら、私としてはムカデに許しを乞うことはできず、自分を許すこともできない、空白の悲しい時の中にあったのである。

樹木と風

四年ほど前に、「祈り」と題する薬師如来に祈願する詩ができ、その詩を、言葉を変えたり節を増やしたりしながら、今日まで自分の祈りの言葉のひとつとして、日々に唱え保持することを続けてきた。その内の二つの節を記すと、次のようになっている。

南無浄瑠璃光　樹木の薬師如来
われらの沈み悲しむ心を　祝わしたまえ
その立ち尽くす　青の姿に
われらもまた静かに
深く立ち尽くすことを　学ばせたまえ

南無浄瑠璃光　風の薬師如来
われらの閉じた呼吸を
解き放ちたまえ
その深い　青の道すじに
解き放ちたまえ

立ち尽くす樹と、動いて止まぬ風の対比は、別の言葉で言うならば、ナショナリズムとインターナショナリズムの対比である。閉じられた島という地元主義と開かれた世界主義との対比と言ってもよい。

立ち尽くすほかはない樹木のナショナリズムと、吹きわたって止まない風のインターナショナリズムの交錯こそは、屋久島だけではなく、まさしく現代世界の根源的な課題であり、次の時代が平和と実りにおいて展《ひら》かれるかを決定する、最深の要因のひとつであろう。

世界の自然遺産に登録されるというインターナショナリズムの風を受けて、そこに立ち尽くすほかはない島民の一人として、私は何よりも島の平和と、実りを考えないわけにはいかない。遺産登録の噂が流れはじめて以来の三、四年、いやもっと古く十年も二十年も前から、世界中のすべての地域、地元の具体であるこの島、ここに生き、ここに死ぬという意味において、ここに立ち尽くすほかはないナショナリズムのことを考えてきた。

ナショナリズムは、ここに立ち尽くすほかはないのだから、善悪の論議を超えた、基本的な、そして普遍的な善であることは言うまでもない。現代においては、ナショナリズムはともすれば悪の先鋒と見なされ、地元主義は後進性であったり地域エゴであると見なされがちであるが、それこそは悪しきインターナショナリズムの解釈であり、樹がその土地から離れることができないように、人もまたその土地とともにあるほかはない。

インターナショナリズムの風が強くなればなるほど、台風の時に見られるように、私達はしっかりと土にしがみつき、枝はなびかせて、私達自身を守らなくては、倒されてしまう。屋久島では今、国、県、民間資本というインターナショナリズムの風が吹き荒れていて、島人としての心《アイデンティティ》という意味での樹木は、次から次へとなぎ倒されているのが現状である。

風は、樹木と同様に本来善悪を超えた善であり、樹木の最上の友であるはずなのに、台風ともなるとそれをなぎ倒す。私達は、今は樹木性を心から強めるべき時にある。

インターナショナリズムという風は、むろんどこにも吹きわたっているものである。ではその風の源はどこから起きてくるのだろうか。

屋久島という地域にとって、一見するとその風は県庁から、東京から、民間資本から、そして国連の方面から吹きわたってくるように見える。事実として、自然遺産条約は国と国連からもたらされ、環境文化村構想は県庁からやってきた。ホテル建築のラッシュは民間資本によってもたらされている。

けれども、その最も深い震源地、インターナショナリズムという外からの風の源は、私達島人の一人一人の心の内にあるのだと、私は考える。

外からの風は、私達の内なる願いに呼応して風としての姿を現すのだと思う。つまり、インターナショナリズムという現代の大いなる価値観もまた、私達自身の願望から吹き起こってくるものにほかならない。私達の価値観が、東京ではなくて沖縄に向けられるなら、それは沖縄から起こり、ニューヨークではなくてアフリカに向けられるならば、インターナショナリズムはアフリカからの風である。

地場を何よりも大切にするという意味でのナショナリズムと、それにもかかわらず外からの風を求め受けるという意味でのインターナショナリズムの対比の度合いについて、このところずっと私なりに考えてきた。それは焼酎のお湯割りの度合いのように六・四であったらよいのか。もっとナショナリズムを濃く七・三くらいが実りと平和をもたらすのか。

詩人という看板を出している者の愚にもつかぬ直感ゆえ、大方の賛同が得られるかどうかはおぼつかないが、あれこれと考え確かめたなかで、その度合いはやはり半々、五分と五分であるようなのが、そしてその中で地域に生きることが、地域即地球、地球即地域の生き方であるように思っている。

ナショナリズムは排他する時、悪に陥るし、インターナショナリズムは侵入する時、最も深く悪に陥る。千古変わらない歴史の事実であるが、私達もその中にあって、樹と風とは本来最上の友であるという、言葉としては美しいが、事実としては困難な道を、これからも歩き続けてゆくのだと思う。

焚き火という文化

佐賀市の教育委員会は、発掘調査を続けていた同市の東名《ひがしみょう》遺跡から、縄文時代早期（約七千年前）の共同墓地らしい区画を示す人骨群と、塞ノ神《せのかん》式土器片約一万点を掘り出したことを十一月九日（一九九四年）付けで発表した。

先には、鹿児島市の掃除山《そうじやま》遺跡から縄文草創期（約一万二千年前）の炉の跡と竪穴式住居跡が見つかっており、このところ縄文文化の南九州起源説がこれまでの東日本説に代わって有力になってきているという。

どちらが主流になってゆくかは今後の発掘と調査次第であろうが、南九州に住む者としては古代のこの列島の文化が、東日本からのみ一方向に南下してきたとはなかなか想像しにくい。そのことはさておき、いずれにしても縄文文化というものの評価は最近とみに変化してきていて、一昔以前のような「狩猟、採集、漁労に頼るみすぼらしい原始人の時代」というイメージではなくなってきているのは、正当なことであり喜ばしいことでもある。

それでもまだ、縄文文化というと二度と帰ることはない遠い過去の文化としてしか把握されないのが一般の常識であり、私達の今の時代にとってその文化がどれほど豊かなものをもたらしてくれるか、という視点からとらえられることはほとんどないとさえ言ってよい。つまり、ノスタルジーあるいは学問的成果としての縄文文化はそれなりの評価を得つつあるものの、未来の文化への起爆要素としてそれを積極的に評価することはあまりにも少ない。

先日ある機会があって、夕方の海岸で焚き火をした。打ち上げられて何日も経つよく乾いた大小の流木を拾い集めて火をつけると、ぱっと気持よく燃えあがり、やがてその火は太い木に燃え移って、安定した焚き火の炎になった。たちまちに暮れて、夕闇が支配していく海辺で、腰をおろして私達はその火を眺めながら話したのだが、その火というのはまごう方ない縄文文化の火であった。一万二千年の昔に、今の鹿児島市の掃除山の竪穴住居で焚かれたであろうその火と、今私達が焚いているその火は、焚き火という全く同じ文化の火なのであった。

焚き火という文化は、むろん縄文に固有のものではなく、さらにはるかに古くからの原初の文化であり、すでに二百五十万年ほどは続いてきて、現在においても変わることなく私達に喜びと慰めを与えてくれるひとつの文化である。

火の文化は、やがて石炭文明へ、石油文明へ、そして原子力文明へと展開してきて、人類はそれを進歩という言葉で呼ぶ。文明の特徴が進歩しまた滅亡することにあるとすれば、文化の特徴は不変不易であることにあると言えるだろう。

森がある限り木はあり、木がある限り私達は焚き火を焚くことができる。森は、再し回帰するエネルギーであるから、それができる。

私はむろん、進歩する文明は滅亡すると言っているのではない。人間は一面において進歩する宿命を負っており、社会は、特に現代社会は一日たりとも進歩せずにはおれない宿命を負っているかのように見えるし、事実においてそのようである。

すでに言い古されたことではあるが、この五十年間、人類は火の文明史において、地上の生類を百度も全滅させることができるほどの核兵器を持ち、何万年も消えない致死量の放射性物質を日々生産し続ける原子力発電所を何百基もこしらえてきた。これが人類の進歩などとは誰一人として思えないはずだが、必要がそれを求め、それはすでに現《げん》成《じょう》している。

この文明は全能ではないし、進歩するということも、私の考えからすれば全能ではない。変わらないもの、回帰するもの、一般的に「文化」という言葉で日常的に呼ばれているものの、普遍的な価値がそこにおのずから再生してこねばならぬと思うのである。むろん文化とて万能ではない。万能でないから、そこに進歩が発生し、進歩史観というものが発生してきた。その結果、知らぬ内に進歩は時代の神となり、進化というさらなる概念をさえ生み出し、進歩にあらざれば人でなし、という社会神話を形成することになった。

この世紀末は、進歩する文明という社会神話が絶対ではなくなり、進歩する文明もまた善いもののひとつであると、社会的に相対化されてゆく大切な数年であるのだと思う。そして、相対化するに際してのその鍵の言葉は、まさしく「文化」という概念であり、文化とは、伝統を持つもの、の別名であるにほかならない。

現代にまで伝わっている伝統的な文化は、それが古いものであればあるほど、善いものであるに違いない。長い時間をかけて、善くないものは必ず文化としては伝えられてはこなかった。鹿児島市の石橋文化は、その善きものの象徴のひとつであろう（編集部註　幕末の頃、薩摩藩によって市の中心部を流れる甲突川に架けられたアーチ型の五つの石橋は、一九九〇年代まで一般に利用されていた）。わが身に引き寄せて言えば、森と谷川と海によって生かされてきた屋久島の文化は、またもうひとつの善きものの象徴であろう。

幸いなことに、海辺や山辺やどこかの空地で、焚き火を焚くほどのことはまだ社会悪とは見なされてはいない。これから日一日と寒くなる夕方などに、ただ縄文文化の火を眺めるためだけでも、イモを焼くためにだけでも、焚き火をしてみるのは、悪いことではない。

縄文の火の内には、人類が縄文人であると現代人であるとを問わず、自己の最終的なテーマとして意識せざるを得ぬであろう、永劫《アミターバ》という概念によって示される感情の核が、赫々と、けれども直接それとは感知されずに燃え鎮まっているような気がするのである。

すみれ日和

あれは二月の十一日だったか。
二、三日暖かい日が続き、その日もまた暖かいよく晴れた一日だった。一家で屋久島の第一の町である宮之浦へ買物にでかけた。週に一度、森の中から二十キロほど離れたAコープのあるその町まで買物に行くのが、わが家の習慣であり楽しみでもある。
ひと通り買物を終えて、宮之浦川の土手道沿いに家へ向けて車を走らせていた時、妻が、ちょっとスミレを探してみない？　と発案した。

陽当りのいい宮之浦川土手のその辺りは、スミレとムラサキカタバミがたくさん咲く場所で、この暖かい上天気なら当然もうスミレが咲いているはずであった。

満一歳になったばかりの子を妻が抱っこし、私は五歳と三歳の子の手を引いて土手に降りてみると、川風も冷たいどころか気持いいほどで、私達夫婦が一年中で一番好きな日である「すみれ日和」とも呼ぶべきその日が、すでにそこに訪れていた。

「すみれ日和だったんだね」

そんなことを確かめ合いながら、土手に沿ってスミレを探し歩いたが、なぜかスミレはひとつも咲いていなかった。ムラサキカタバミならたくさん咲いていて、チビちゃん二人は私の手を離れてムラサキカタバミを採り集めて遊んだが、スミレは見当らない。土手に沿って百メートルほども歩いて行ったが、やはり見当らなかった。

その内に、一株のスミレにつぼみらしきものがついているのを見つけた。よく見ると、けれどもそれはつぼみではなく、すでに花が終って実になったそのサヤであった。長さ二ミリほどの、細長い褐色のサヤである。

この島では一月にはもうスミレが咲くから、二月に実ができていても少しも不思議ではない。スミレにも咲く周期のようなものがあって、今はたまたまそれがひとわたり終った時期だったのだと納得して、花を探すことはそれで止めにした。

しかしながら、お天気は「すみれ日和」である。もう正午を過ぎていたが、そのまま家に戻るのではもったいない。

「弁当を買ってくるよ」

そういう気持になって、私は車でAコープへ引き返し、惣菜部で弁当を三つ買った。川土手の芝草の中で食べてもよかったのだが、スミレが咲いていないのでは今ひとつ物足りない。車なのだから二、三十分も走って、白谷雲水峡と呼ばれる山へ登ってみることになった。屋久島の観光地のひとつであるが、この季節なら観光客もあまりいないだろう。

急勾配の山道を登るにつれて、気温が少しずつ下がってくるのが分かったが、それでもまだ車の窓を閉めるほどではない。むしろ気持のよい春風で、弁当を食べる場所に山を選んだのは間違いではなかった。

宮之浦港を眼下に見はるかす展望所に着いて、そこはちょうどよく陽が当っていたので、車にいつも乗せてあるシートを地面に広げ、海に向かって半円形に座を取り、赤ちゃんも含めて五人で三つのお弁当を食べた。

青空のもとで、家族で楽しくお弁当を食べる。

この世で価値のあること、大切なことの筆頭は、そのことを置いてほかにないだろう。

いや、私達は六人家族で、その内の一人は眼下に見はるかす宮之浦港から、今しも白いフェリーに乗って、県の中学卓球大会のために鹿児島へ向けて出航するところであった。

「フェリーが出るよ」

「フェリーが出るよ」

チビちゃん達二人がさわぎ立てる。

おいしくお弁当を食べ終って、交代で赤ちゃんの面倒をみながら、まず妻がシートの上に仰向けに伸びて青空を吸う。次には私もそうして、久し振りに青空を吸う。

チビちゃん達二人も真似をして、仰向けに寝転がって深呼吸をするのだった。

お弁当は食べたし、仰向けになって青空は吸ったし、それでもう引き返してもよかったのだが、そこまできたのだからついでに白谷雲水峡の車で詰められる終点まで行ってみることになった。

五、六分も登って行くと、びっくりしたことに右手の崖の陰の一角に雪があった。冬には雲水峡には雪が積る、と聞いてはいたが、自分の眼で見るのは初めてだったので、早速車を停めて皆でその雪の処へ行った。表面は少々汚れていたが、そこを取り除けば純白のおいしそうな雪であったので、私も妻も何年振りかで、チビちゃん二人は生まれて初めての、雪を食べた。山形県で生まれ育った妻は、

「雪国だ、雪国だ」

と、喜んだ。

車に戻ってさらに登って行くと、日蔭の窪みのあちこちに雪が残っており、本当に雪国の早春のような雰囲気になってきた。終点に着くと何台かの車が停っており、少々の人の賑わいがあった。空気もすっかりひんやりとしている。

あちこちに雪があるので、今度は食べずにそれを踏んで歩いた。十センチほどの厚さにしか積んでいないのだが、それでも雪を踏む足ごたえはある。チビちゃん達は大喜びで歩きまわり、赤ちゃんには抱っこしたままで、手で触れさせた。

宮之浦川の土手での、「すみれ日和」の印象からはじまった思わぬ展開であったが、

雪にまで触れることができて、この世界で一番大切なものは個ではなく家族であることを、あらためて実感したのであった。

七十二のカミ

今は立夏節の末候で、明後日からは節気は小満節へと移る。

このように記しても、現代の私達の季節感からはそれが何月何日頃であるかはすぐには分からないのであるが、現行の太陽暦でいうその今とは五月十九日のことである。

現行の太陽暦だけよりも、旧暦として棄て去られた（鹿児島市の石橋群のように）太陰太陽暦を復活して用いることに興味を持ちはじめて二年ほどになるのだが、その暦法によると立夏節は、五月五日頃から二十日頃までの十五日間をいい、蛙はじめて鳴く、みみず出る、竹の子生ず、などの特徴をもっている節気である。

一年を二十四の節気と七十二の候に分けて暮らす、二十四節気七十二候の暦法を、私は棄てるにしのびないばかりか新しいアニミズム思想の具体の一環として大切に考えているのだが、その季節感からすると、蛙はじめて鳴く、みみず出る、竹の子生ず、というような、ことさら殊勝でもない日常性の出来事が、カミという感性を呼びおこす古くして新しい特別の出来事として、甦ってくるのを感じる。

蛙はじめて鳴くとき、その鳴き声は自然《じねん》というカミの声なのではないだろうか。

みみずがはじめて這いだしてくるとき、そのみみずは五月の地霊の喜びとして這いだしてくるのではないだろうか。

そしてまた竹の子が出回ってくることは、縄文文化をとおりこして石器時代から続いている、自然採集経済というカミガミの風景を現在に提示してくれるものではないだろうか。

神ではなくてカミという地に立って眺めてみれば、善きもののすべてはカミの息吹であり、カミの現れであり、カミそのものでさえあるのではないだろうか。

アニミズムというのは、自然界のあらゆる事物が具体的な形象を持つと同時に、それぞれに固有の霊魂や精霊を宿している、と感受する宗教的立場ないし思想をいうのであるが、その霊魂や精霊と呼ばれるものこそが片仮名表記されたカミに相当する。

立夏節末候の畑の中で、すえつけた松の切り株の椅子に腰をおろして眺めると、すぐに目前のいんげん豆が淡いピンク色の花を咲かせはじめているのに気づく。わが家の畑は雑草と共生する自然栽培の畑なので、知らぬ人が見ればそこが畑とも思えぬほどに雑草が繁っているのであるが、世話人の私からすれば待ちつづけていた花がようやく咲き出し、次の小満節にはいんげんの青ゆでが食べられることを確約してくれる、ささやかな豊満の風景なのであった。そろそろ繁った雑草を刈り取り、いんげん達の根に伏せてあげる時がきている。

雑草といっても、その中には野生のミツバが交じっているし、草丈にして十センチほどに成長した青ジソや赤ジソも交じっているから、刈り取らずに残すべきものは残さなくてはならず、全体としてシソやミツバがどのくらい自生しているかを調べて見る。今年はシソの芽生えが少ないようだから、雑草を刈る時にはシソは特に大事にして残さなくてはならないだろう。

眼を少し高い位置に移すと、すっかり青葉を繁らせた栗の木の梢に、いつのまにかひも糸のような花が伸びているのに気づく。栗の花は咲ききれば白黄色の色合いになるのだが、今はまだ若葉色で、ひも糸のように伸びていながら堅く、初々しい。今年は、なぜか妙に栗の花が美しい。人というものは年齢を重ねるにつれて、次第に地味な花へと心が惹かれるようになるのであろうか。

いんげんの花、ミツバ、シソ、栗の花。私にとって立夏節末候を特徴づける風物はそれらの中の何であろうかと考えてみると、四つともが特徴で、さらにそれらを囲む他の畑や森、山々の風景も当然含まれてくるのであるが、強いてあげるならば今年は栗の花であるかもしれない。年々にもう二十年近くも栗の花を見てきて、今年ほどにそれを美しいと感じたことはなかった。

栗の花を見て、それを美しいと感じ、豊満であると感じ、神秘であるとも感じる時、そこに確かに原初のカミが在るのではないだろうか。

私達は神仏を日常生活から切り離し、仏壇や寺院や教会などの制度にそれを押しこめてきたのであるが、それはそれで有意義であるにしても、日常性をそのまま神仏とする方向性からは大変離れてしまったと言わざるを得ない。

神が愛であるならば、愛こそは神でなくてはならないし、仏が喜びであるならば、喜びこそは仏でなくてはならないだろう。

私をして美しいと感受させ、豊満であると感受させる栗の花は、そのことだけでそれゆえに充分にカミなのではあるまいか。

二十四節気七十二候に分かって一年を観てゆく太陰太陽暦（旧暦）は、それぞれの節気のそれぞれの候において、一般的に最も特徴のある風物を抽出して、それをいわばカミとして参考的に定着させている。一年の内に七十二のカミとしての風物が、現れては過ぎ現れては過ぎてゆくのである。

現行の太陽暦もまた、太陽の運行というカミの図式によって成立した暦法なのだから退ける理由はないが、旧暦を旧暦として棄て去るのは私達の豊満の半ばを棄てるに等しいことだと思う。

この原稿を書きついで三日目、今日はすでに小満の初候に入った。江戸時代には様々な私暦があったようであるが、上田秋成は小満節初候の特徴を、水に蛍明かるし、と定着していて、これを見ると秋成は蛍好きの人であったようである。

神宮君の海

海の時を
一瞬　ギンヤンマ　飛び去る

七月の三十日の日に、私は静岡県袋井市の山あいにある、秋葉総社可睡斎《かすいさい》という曹洞宗の大きな専門道場のお寺にいた。

その寺を会場に開かれていた、「野草塾」という三泊四日の合宿セミナーに参加していたからである。お昼過ぎに屋久島から電話が入り、神宮《しんぐう》健一が水死したことを知らされた。

島の、白川山《しらこやま》と呼ばれる私達の集落では、毎年夏休みに入ると年に一度のキャンプ行事を持つ。自由参加ではあるが、毎年十五、六世帯の集落の大人も子供もほぼ全員が集まり、夕方から夜にかけて飲み喰いをともにし、涼しい海風に吹かれながら、一夜を親しみ合うのである。大半の家族は夜更けとともに車で家に帰るが、気が向いた人達(子供達も)はそのまま浜に残り、心ゆくまで飲んだり語ったりしてそこに泊る。今年はその日程が七月二十九日から三十日にかけてで、神宮君が水死したのは、キャンプの一夜が明けた三十日の午前中のことだった。

ベタ凪のきれいに澄んだ海に、ライフジャケットもつけずに一人でカヌーを漕ぎ出して行った神宮君は、カヌーが転覆してそのまま水死してしまったというのである。

島から遠く離れた会場でその逃れようのない知らせを聞き、私の中を脱落してゆくものがあった。

父の死、妻の死、母の死、多くの友人の死のいずれとも異なる脱落感の中で、私は「野草塾」の残りの二日間を務めた。

神宮君は漁師であった。

彼はこの十四年間、N丸という刺し網漁の船に乗り、親方と二人で決して景気のいい話は聞かれない漁を続けてきた。月々の収入が五万円にも満たないことが珍しくはなく、普通であれば同じ漁師でもより条件のいい船に移りそうなものだが、彼は生き方として、つまり哲学としてN丸を選びつづけ、親方と兄弟のように、不漁を基盤にした苦楽をともにし続けてきた。

漁師でありながら、神宮君が泳げない人であることは誰もが知っていた。泳げぬ者にとって海に出ることは恐怖のはずだが、彼にその影はかけらもなかった。泳げないという自分の条件を改善する気持はまるでなく、むしろその条件においてこそ漁に出ることを楽しむかのように、彼は、五年十年、そして十四年も同じ船で漁に出続けた。

それで、私も含めて誰もが彼が泳げない人であることを知っていながら、彼がそういう男であることを気にもかけず、忘れ去っていた。

人にはむろん、他人にはうかがい知れぬその人の微妙な生き方、生きる技術、哲学があるのだが、神宮君は、泳げぬ身で漁師をするという自分の心身の生き方に勝利し、泳げないままに海を自分のものとし、自分を海のものにしていたのではないかと思う。

長い年月の積み重ねの中で、彼は自分自身ですら泳げないことを忘れていたような気がする。そしてそれは、生きる技術としてまた哲学として、自分自身の自分自身による克服であり、肯定であり、勝利であったというほかはない。

なぜなら、人は誰でも泳げないということに象徴される、なにかの条件において生きているのであり、その条件を負って生きる以外に正確に生きることがかなわない、辛い生きものであるからである。

八月一日に島に帰って、何日かして神宮君が沈んだ四ッ瀬と呼ばれている浜に行った。むろんとうに体はそこになく、遺骨は駆けつけた御両親と、私達白川山の共同墓地に埋める分とに二分された後のことである。三十九歳で一人身だったから、私達に託された骨は私達で墓を作ると決めてある。

四ッ瀬の浜に下りて行くことは、体を見ていない私としては体を見に行くように辛いことだったが、そうしないわけにはいかない。

四ッ瀬の浜は、きれいな砂浜と岩浜が交じり合った浜で、海の水は真水のように澄んでいる。その日も、カヌーが転覆した日と同じように海は凪で、真夏の陽がカッカッと照りつけ、岩海のあたりは紫色とコバルトブルーに透けていた。

神宮君の体が、もうそこにもここにもない以上、そのあまりにも美しい岩海の風景のすべてが、彼の体であり、魂であるにほかならなかった。

下りて行くまではこの上なく辛かったのに、下り立ってみれば、脱落と悲しみが渦巻いているのは私の体ばかりで、神宮君の海ははじけそうな明るさと、透明さに静まりかえっていた。

「見事だ」

と、半ばはあきれつつ、私は浜に腰をおろしてその海を眺めながら、ゆっくりとタバコを吸った。

白川山の人達も、年々に生き方が変わり、古くからの人ではタバコを吸うのは神宮君と私の二人だけになった。タバコなど別にどうでもいいことではあるが、そのことに触発されて、私は、兄弟ということを思った。

父の死、妻の死、母の死、次々と友人達の死、そのいずれの死とも異なる脱落に私が襲われたのは、それが兄弟の死だったからではあるまいか。魂の兄弟。生き方の兄弟。その生き方において、彼はまさしくわが兄だったのであった。

海の時を
一瞬　ギンヤンマ　飛びくる

じゅず玉草

何年か前に、妻がじゅず玉の実を獲ってきて、それを自家の畑のわきにまいた。次の年からそこにじゅず玉草が育ちはじめ、その植物は多年草であるから、年々に株が大きくなり、春は春でその立派な葉の姿を眺め、秋は秋で灰紫色や黒色に熟れる小さな実を眺めて楽しんできた。

じゅず玉草は、ハト麦と同じイネ科ジュズダマ属の草で、葉の姿や花の姿、実の形までハト麦とよく似ているが、ハト麦が薬用茶などに利用されるのに対して、こちらは何かの有用をもたらすとは聞いたことがない。純然たる雑草のひとつであるが、名前のとおりにじゅず玉に似た黒や灰紫の小さな固い実が特異で、子供の頃からその実と名前に親しんできた。

終戦の前後に、足掛け五年ほど山口県の祖父母の元に疎開していた時すでにじゅず玉草を知っていたし、焼け跡の広がる東京・神田の家に戻ってからも、その焼け跡にたくましく育つじゅず玉草を見てうれしかったことを記憶している。現在の神田界隈からは想像もつかないが、昭和二十年代のその辺りではじゅず玉草は少しも珍しいものでなく、いたる処の空地に自生していて私にとってはうれしい植物のひとつなのだった。

屋久島でもむろんじゅず玉草は自生しているが、その頻度はあまり高いとはいえない。どこにでも自生しているような気がするが、その気になって探してみると簡単には見つからない。頑丈で繁殖力の強い植物なのに、多分それ以上に頑丈で繁殖力の強い植物が繁茂しているせいかと思うが、妻が種をまいて、そこにうまい具合に株が定着してくれたことが大変うれしかった。年々に、多少とも周囲の雑草を刈り、小便などもひっかけ、特別に心にかけて育ててきた。そのせいか、今年は春先から草丈がぐんぐん伸びて、初夏にはもう私の背丈をしのぐほどになった。夏にかけてさらに成長し、二メートルをゆうに越してじゅず玉草とも思えぬ見上げるほどの高さになった。

こんなに過度に成長したのでは、花も咲かず実もならぬのではないかとかえって心配したが、初秋になると黄色の小さな花をいっぱいつけて、花が終ると緑色のつやつやした実が次から次へと現れてきた。立派だ、立派だとほめ讃えながら、私達夫婦は毎日高く繁ったそれを眺めた。

その頃、ふと思いついて、普段じゅず玉草と呼んでいるものの、その本当の和名は何というのだろうかと、植物図鑑で確かめてみた。『牧野植物大図鑑』によると、その和名はジュズダマで、地方によってズズコ、トウムギとも呼ぶとある。また古名はツシダマ、タマヅシ、ツスともいうそうである。熱帯アジア原産とされているが、古名まであるからには太古の時代から日本にも入り、有用な草ではないにもかかわらずその特異な固い実のせいで、タマ、玉、魂《たま》、霊《たま》にかかわる呼び名をもって日本人に親しまれてきたのだということが分かった。

さらに驚いたのはラテン語の学名である lachryma《ラクリマ》 - jobi《ヨビ》 というのだが、その意味は「ヨブの涙」であるという。私はラテン語を学んだことがないが、ラクリマ、涙という言葉には胸のどこかに記憶があった。記憶をたどってゆくと、それはモーツァルトのレクイエムの中の、「涙の日」という楽章の最初に、ラクリモーザ・ディエスイラーと歌い出されるその一節が鮮やかに甦ってきた。西洋の古典音楽を憧憬とともに聞いた日々は過ぎ去って久しいが、聞いていた頃にはレクイエムの中の「涙の日」の楽章は特に好きなところであった。

しかしながら、ここで肝腎なのはモーツァルトではなくてヨブの方である。ヨブとはむろん旧約聖書の「ヨブ記」の主人公であるヨブのことで、その人となりは、〈完全《まったく》かつ正しくして神を畏れ悪に遠ざかる人〉、として知られている。そのことを知ったサタンがエホバの神をそそのかし、ヨブの全財産とすべての子供達の命を奪って試みに遇わせる。けれどもヨブは上衣《うわぎ》を裂き髪を切り地に伏して、〈エホバ与えエホバ取り給ふ〉と祈るのみで、エホバを呪わない。

するとまたサタンがやってきて、さらにエホバをそそのかし、ヨブの全身に悪性の腫《はれ》物《もの》を出させる。ヨブは灰の中に座し、土器のかけらで全身をかきむしりながら、なおもエホバを讃えつづけるが、七日七夜の苦しみの後に、ついにエホバを呪う言葉を口にしてしまう。

「ヨブの涙」という呼び名を、いつ誰がつけたのかもとより知る由もないが、じゅず玉の灰紫色、あるいは黒の実の内に、神の試みに遇って悶え泣くヨブの涙を見て、そのように呼び慣わしてきたローマ系の人達の感性に思いを馳せると、洋の東西を問わず、植物と人間のかかわりというものが魂の奥底にまで届く深いものであったことが了解されてくる。

和名にしろ学名にしろ、あるいは地方々々の呼び名にしろ、植物の名前というのは基本的には民俗学のカテゴリーに入るのだと思う。植物の呼び名というのは、そのまま植物と人間との永くかつ親しい触れあいの記録であるから、それ自体が民俗学なのである。ジュズダマの古名であるツシダマのツシが何を指しているか分からないが、古くは地を地《ツシ》と読んだから、地《ツシ》の玉という解釈も成り立たなくはない。

そのことは別において、秋も深まりようやく黒と灰紫色に熟れてきたじゅず玉草の実を眺めていると、それだけで限りない豊穣の内にあることを、あらためて感じないわけにはいかない。

シカ犬

「ぎょうせい」という出版社から、『ふるさと文学館』という企画シリーズの全集が刊行され、昨年の暮れだったかに全五十五巻の発売が終了して完結した。

この全集の特徴は、北海道から沖縄までの全都道府県について、個別にその風土にかかわる文学作品を集中して編集したもので、大変ユニークな企画であると同時に意義もある全集であった。「文化ジャーナル鹿児島」冬号(四十九号)の特集は「庄内と薩摩」で、山形県と鹿児島のかかわりを追求したものであったが、私の妻は、庄内ではないが山形県の出身であるから、文学をとおしてでも山形の風土を勉強してみようと、『ふるさと文学館』の内の第七巻山形を取り寄せて、厚さにして四センチ、上下二段組の重厚な本を最初の一行から読みはじめた。

その中に、戸川幸夫の「高安犬物語《こうやすいぬものがたり》」という作品が載っている。高安犬というのは、山形県東置賜郡《ひがしおきたま》高畠町《たかはた》高安を中心に繁殖した中型の日本犬で、がっちりした体格の戦闘的な狩猟犬《またぎいぬ》なのだそうである。現在はもう絶滅したか混血種としてしか残っていないらしいが、戸川作品は、チンという名のその最後の純血犬がいかに素晴らしい犬であったかを、情熱をこめて書き出している。

吉蔵という孤独な猟師の手によって、熊猟用に育てられたチンが、勇猛に熊の喉笛に嚙みついて、何頭もの熊を倒す全盛期から、ポリープを患って死ぬまでを描いたなかなかの作品である。高畠町は妻の実家の隣町であることも手伝って、山形弁による会話も見逃しがたく、楽しく読ませてもらった。

読み終って二、三日ほどして、春野菜の成育ぐあいを見ながら畑を歩いていると、小さな谷川を隔てた裏山の方で、きぃーんきぃーんという、初めて聞く尋常でない獣の悲鳴がして、その声はたちまちこちらに近づいてきた。猿の喧嘩ではない、むろん犬の喧嘩でもない、なにかがなにかに殺されている絶対絶命の声である。こちらもそこらにあった竹棒を片手に急いで谷川の土手に駈け登ってみた。

すると、眼の下三メートルばかりの谷川の渕（こちら側はコンクリートブロックの護岸）に追い込まれた一頭の牡鹿の首に、鹿の体の三分の一の大きさもない茶色の犬が喰《くら》いついていて、鹿の首からはどくどくと血が流れ落ちている。

そんな犬などはね跳ばして逃げればよさそうなものだが、体こそ小さくてもその犬はこの島でシカ犬と呼ばれている猟犬で、がしっと喰いついた首すじを離さぬのみか、そこをより深く嚙み裂いてはその痛みをテコにして、鹿の頭を水中にねじ伏せてしまう。

水中に頭をつけられた鹿は、たまらずがばと跳ね起きて、哭き叫びながら暴れまわるが、やがてまた犬の力と首の裂け目の痛みと流血に敗けて、水中にねじ伏せられる。そういうことが三度か四度繰り返されて、とうとう鹿は哭かなくなり、また動かなくなった。するとシカ犬は、倒した獲物には何の興味もないふうで、ちょっと見おろしただけで一口たりともその肉には触れず、すたすたと山の中へ引き返して行った。

読んだばかりの物語の中の風景が、熊と鹿との違いこそあれ突然眼の下に展開されて、猟犬というもののすごさを改めて思い知らされはしたが、犬の飼主でない私としては、けれどもそのシカ犬を讃える気持にはなれず、鹿の哀れさばかりが後を引いて残った。

同じ日に、妻はキャベツを一個収穫した。これがまた何とも奇妙なキャベツで、その種を蒔いたのはじつは一昨年の秋のことである。早く蒔いても台風が来れば全滅するので、十月も半ばを過ぎてから種蒔きをしたが、遅すぎたのか芽は出ても一向に成長しない。年を越して春になるとやっと育ちはじめたが、今度は一向に巻く気配がない。その内巻くかと放置しておいたら、夏になっても巻かず、秋なっても巻かず、かといって虫に喰われてスダレになるでもなく抽台《とうだち》して花が咲くのでもない。苗のまましいつまでも青々としているのである。

勢いのないものは、秋になってさすがに抜き棄ててしまったが、勢いのよいもの四株だけは、ひょっとすると冬になれば巻くかもしれないと考えて、そのまま抜かずに残しておいた。すると、年の暮れの寒気とともに少しずつ内部から丸みはじめ、二月に入って小ぶりながらもしっかりと巻いた立派な四個のキャベツに仕上がってきた。もういつでも食べられるのだが、三年越しのキャベツともなるともったいなくて、なかなか切り採ることができないでいた。

鹿がシカ犬に倒されるのを見た日、私はなぜともなしに妻に言った。

「そろそろこのキャベツも食べることにしようよ」

「そうね、いつまで置いといても仕方ないものね」

妻は、即座に四個の内の一個のキャベツを刈り採ったらしい。昼御飯のあとで、私はそのキャベツを見せてもらったが、それはぎっしり中味のつまった、充分に重量のある普通のキャベツであった。

翌日まで待ったが、シカ犬の飼主は現れず、鹿は谷川に倒れたままだった。出刃包丁を持って行って、四本の足をはずし、腿肉だけで十キロばかりもらってきた。内臓も取ろうかと思ったが、面倒になって丸ごとそのまま穴を掘って埋めた。

三年越しの奇妙なキャベツと鹿肉だから、これはもう焼肉パーティー以外にはないが、私としてはもうけたというよりは、なぜかさびしいような気持ばかりに陥ってしまった。

ゆっくり山歩き

この五、六年、五月の半ばになると、「栖岸院《せいがんいん》御一行」と呼んでいる方達が、佐々木康秀住職に率られて屋久島に来られる。この時期、ゴールデンウイークの混雑が去って島の奥岳はほっと一息入れていて、山に入ってもあまり人に会わないで済む。

今年の一行は例年に比べて参加者が少なく、もうすっかり顔なじみの人達ばかり六名で来られた。その代わりというか、今年は滞在日数が長く、五泊六日でゆっくりと静養と研修をしていかれた。東京から毎年訪ねてくるのだから、私も一日をさいて一緒に森歩きするのを楽しみにしているのだが、今年はこれまでに行ったことのない花之江河《はなのえごう》という所へ行ってみようということになった。

花之江河は、標高一六〇〇メートルほどの山中にある高原湿地帯で、屋久島の代表的な観光地のひとつなのだが、私はまだ行ったことがない。

観光地を嫌う自分のへそ曲がりな気持を改めて、人がいいという所はきっといいだろうとも（むろん選択はあるのだが）思いはじめているので、初めての場所ながら先頭で案内することになった。

早歩きの登山は百害あって一利もないと考えているので、最初からゆっくりと散歩というか散策の気持で、山に入る。その道は、九州最高峰の宮之浦岳への登山道で、花之江河はその途中にあり、案内では登りはじめて一時間半でそこに着く。

幸いなことに、一行の中に足の指を骨折している若い女性がいて、彼女は膠原病《こうげん》という厄介な病気も持っており、生死の境を何度も越してこちら側にとどまっている人なのだが、物理的に早歩きすることができない。

モミやツガの杉の大木を眺めたり、足元の苔類を眺めたり、さすがに高山帯で五月の今も咲き残っているみ見事なやぶ椿の花を眺めたり、樒《しきみ》やハイノキの白い花を眺めながら、ゆるゆると登って行った。

私の中には、ヤクシマミヤマスミレと呼ばれる屋久島固有変種の白花の小さなスミレを一行に見せたい気持があって、どちらかというと足元に注意を配り、それらしい花は咲いていないかと探しながら歩いた。モミやツガ、杉やハリギリの大木が頼もしく繁り立つ森は、おのずから人を癒してくれるものだから、眼につかない、二、三センチほどの丈しかない白スミレを見てもらって、それが見つかれば無理をして花之江河までたどりつかなくてもよいとさえ考えていた。

足の指を骨折しているMさんと、ゆっくり歩きの好きな私達夫婦は自然と道づれになり、ほかの人達もつかず離れずで、それぞれに目的地に着くよりは森を味わうことが主目的の散策になって、私としては案内をした甲斐があったとうれしかった。

その時Mさんが、足元のひんやりした暗がりに白い小さな花を見つけて、この花は何？　と訊《き》いてきた。

一見してそれは探していたヤクシマミヤマスミレのようだっが、よく見ると明らかにスミレではない五弁の別の花であった。花茎も十センチばかりあり、この二、三年森歩きをしていて私も時々見かけ、気にはなっていたが名前が分からないまま過ぎてきた花であった。

気がつくと、その花は次から次へと現れて、先を行っていた人達も立ち止まり、一応登山なので後尾を守っていた人達も追いついてきて、皆でその小さな、可憐な白い花を眺めた。Mさんが花茎の根方を探ると、根方にはカタバミの葉に似たハート形の三枚葉がついていることが分かった。そこで私は、

「これはですね、ヒメミヤマカタバミといいます」

と、冗談を言った。冗談ではあるがカタバミ科の葉であるからには当らずとも遠からずの気持でそういったのだった。実際、その日の夜家に帰って植物図鑑で調べてみると、それはコミヤマカタバミという花で、私としてはこの二、三年気にかかっていながら到ることができなかった名前に、Mさんのおかげでいとも簡単にたどりついてしまったのだった。

そんなこんなしていて、三十分行程で着くはずの淀川小屋に一時間経っても着かず、その間皆んなすっかりお腹が空き、途中で昼の弁当を取った。弁当を食べた所から二、三分で淀川小屋に着いたが、その時にはもう午後一時半に近かった。その時点で全員が

花之江河に登るのは無理と分かったので、登りたい人達だけが登り、私達夫婦とMさんともう一人仏像彫刻家のMさんは、そこで待っていることになった。

淀川小屋のそばには、淀川という川が流れていたが、その川は、なんとも夢のように美しい川であった。島の谷川はすべて急傾斜地を音高く流れくだっているのに、その川は水平な地形を、よく見ないとどっちに流れているのか分からないほどゆるやかに、透明な淡青色で静かに流れるともなく流れていた。私としてはいい夢を見ている気持で、その冷たい川で顔を洗ったり、水を飲んだりしてそこでのんびりと憩った。

一時間ほどすると、上に行った人達がやはり目的地まで行くのをあきらめて、途中から引き返して帰ってきた。

全員揃って、行きと同様帰りもゆるやかな散歩になった。帰りには、陽当りのいい場所に一本の屋久杉が立っていたので、それを本尊として、佐々木上人の先導で皆で般若心経とお念仏を唱えた。森羅万象を仏と見たい私には、森で唱える般若心経とお念仏は、もうひとつの大変によい、真昼の夢のようであった。

胸中に宿す時

ラジオのニュースを聞いていると、鹿児島県庁の新庁舎が落成して、須賀知事が新しい知事室に入室したそうで、〈これから百年は使う新庁舎の、初代の入室者となったことを光栄に思う〉旨の談話が伝えられてきた。

私が、その言葉から触発されたのは、完成したばかりの新庁舎さえもが、百年というかなりの時間を指標としてではあるが、すでに再び取り壊されることを前提とせずにはおれないような、私達の文明の特質についてであり、あらかじめ時間に分析され終えてあるかのような、設計の性質についてであった。

幸田露伴の「五重塔」に登場する大工は、木という材質において少なくとも五百年、千年という時間を胸中に宿していたのであるし、五大石橋を築いた石工の胸にも、明確ではないにしても、石という材質において多分同様の時間設計は宿されていたと思う。

私達の文明は、〈進歩〉という事実が社会変化の中において大いなる係数となり、〈進歩〉がおのずからさらなる〈進歩〉を促すという意味において、二乗にも三乗にも係わらざるを得ないシステムを構築してきた。

須賀知事の発言は、そのような事実からすれば、新庁舎に対する仮の祝言のようなもので、実際にはそれは五十年の時間に耐えられるかさえも不分明なのだといわざるを得ないだろう。

私達の願望の総体としての文明は、私などが敢えて指摘するまでもなく、〈進歩〉という係数に二乗化三乗化されて、どこへどう行くのかは必ずしも明確でないままに、突き進んで行く。

この文明の、最先端を担う科学の一分野である宇宙学、あるいは惑星学の最近の算出によれば、太陽系、従って地球の年齢はほぼ四十六億年であることが確定され、さらにほぼ同じくらいの寿命がこの太陽系、従って地球には残されているとされている。その後半では太陽は次第に膨張してくるそうだから、地球に生物が生存できるのはあと三十億年くらいだろうとも言われているが、諸条件が整いさえすれば人類もまたこれからそれだけの時間を、この地上において享受することができる。

科学の進歩は、落成したばかりの大いなる建造物の寿命を百年（とは限らないとしても）に限定する一方で、地上の生物の可能性をこれから先三十億年という時間において見る知慧も与えてくれるわけである。

三十億年は少々長すぎるとしても（とはいえ、森の時、川の時、海の時はすでにそれだけの時間量を保持してきている）、せめて千年、あるいは一万年という時間を、私達はリアルタイムとして、自分の内に保持していたいと思う。その意味で、最近発掘された松元町の前原遺跡の九千年前（縄文早期前葉）の日本最古の道路跡のニュースは、新県庁の落成に勝るとも劣らない出来事であり、私達のリアルタイムの時間認識を、過去九千年、従って未来の九千年にまで拡大してくれるものであった。

過去の九千年が確認されれば、未来の九千年が見えるというのは、言葉のまやかしのように思われるかもしれないが、九千年前のことが明らかになったことを通して、同じ時間を未来に映して眺めることは、修辞のまやかしではなくて、人間性の奥深い一面であると私は考える。

考古学が、文明あるいは科学の一要素として次第に人気が高まり、重要性を増しているのは、それが単に過去の事実を解明、提示するのにとどまらず、それだけの時間量を提示することを通して、不確定、不分明な未来に対して同等量の時間だけは与えてくれるからではないかと、私は考えている。

前原遺跡を調査した、県立埋蔵文化財センターの池畑主事は、その道について、

「道路は二本とも直線であることから、森の一部を切り開き、谷の一部を削るなど土木作業が行われたことを示している。二つの集落から別々の水くみ場へと続いていたと思われる」

と、談話している。

この談話から分かるのは、発見された九千年前の道路が、水場へ到る道であったこと

である。私達にとって、最も基本的に重要なものは、水と空気であり、次に食料であり、衣料であろう。

空気についてはおくとして、水について私は今、百年、千年、あるいは九千年のヴィジョンを持つようになった。

それは、私の住む島、鹿児島市、鹿児島県を含めて、日本中のすべての大小の河川の水を、もう一度基本的に飲める水に戻してゆきたい、というものである。

こんなことを書くと、ある人達からはまたもや嘲笑されそうだが、人類の文明がこれから三十億年といわないまでも、少なくとも九千年という時間量（希望）において持続するためには、地球上のすべての河川の水を、もう一度基本的に飲める水に取り戻してゆくこと、そういう方向へ総体としての文明のシステムをシフトしてゆくことが、不可欠だと思う。そしてそれは、自分が住む地域の、川なり、泉なり、井戸なりの水を飲みたいという、とても単純な私達個人の、願いからはじまるのだと思う。

百億光年という時

去る二月十二日（一九九七年）に、内之浦町の宇宙空間観測所から、「はるか」と名づけられた電波望遠鏡衛星が打ち上げられた。

宇宙科学に関して私は全くの素人であるが、宇宙空間には眼で見える光のほかに、赤外線やエックス線や電波などの多様な電磁波が飛びかっていて、その電波望遠鏡は光としては全く見ることのできない超低温、低エネルギーの深宇宙世界をとらえることができるのだという。

新聞等でかなり大きく報道されたので、記憶されている方も多いかと思うが、その衛星の特徴は、自身は直径八メートルほどの（それでも世界最大級という）アンテナを備えているだけであるにもかかわらず、世界各地の地上のアンテナ群とネットワークすることによって、最大で直径三万キロという巨大なアンテナに変身するのだそうである。

地球の直径が約一万三千キロだから、「はるか」が打ち上げられたことによって私達は、地球の直径の二・五倍の広がりを実際に持つ電波望遠鏡を手に入れたことになる。

その「はるか」が具体的にどのくらいの視力を持っているかというと、鹿児島の米粒を八千キロ離れたオーストラリアのシドニー市から見分けられることができ、三十八万キロ離れた月面から地上の一人一人の人間の顔つきがわかるほどのものであるという。

空恐ろしいような話だが、むろんそれは米粒や私達の表情を観測する目的ではなく、まずケンタウルス座Aと乙女座M87にあると見られる巨大なブラックホールを観測し、百億光年の彼方で激しく電波を噴出しているクェーサー（準恒星状天体）などを観測したりすることが目的であるという。

つまるところ、「はるか」の巨視力をもって、深宇宙からの成り立ちや行く末を調べようというわけだが、このプロジェクトは二つの側面において私に強い希望を与えてくれた。

そのひとつは、自身は直径八メートルのアンテナしか持たない「はるか」が、直径三万キロもの巨視的能力を獲得し得たのは、地球上十カ国の各地にある四十基を超えるアンテナ群のネットワークを通してのことであるという事実。日本も含めて地上の各観測所で仕事をする人達にとってはもとより国境など存在せず、ただその地点、地点だけが存在することが、物理的にと同時に心情的にも証明されざるを得ないことが明らかになったことである。

原発や核兵器において典型的に見られるように、科学技術は悪しき普遍性をすでに保持している。しかしそれは、科学が悪いのでも普遍性が悪いのでもない。国境を超えた技術のネットワークが、深宇宙からの起源と行く末を解明する共通の目的のために、各々が地点々々となって全力を尽くすというモデルは、原発や核兵器とは正反対の美しく善い普遍性というものが、この地上になおも存在することを示してくれる。

日本の社会にしろ地球全体としての社会にしろ、普遍善というものを措定することがきわめて困難な現代にあって、「はるか」は宇宙観測という限られた分野であるにはしても、それが存在し得る可能性を理念としてもシステムとしても実現してみせてくれたのである。

もうひとつとても大切に思われることは、私達の文明がこれまでに獲得してきた、「永劫」あるいは「久遠」という宗教的な概念が、一定限度においてではあるが、明らかな数量的な概念によって置換される、という点である。

私達日本人が阿弥陀仏の名で親しんできた（あるいは疎《うと》んじてきた）仏の原意は、無量寿仏あるいは無量光仏であり、ともに計り知ることのできない時間と空間を保有している仏という意味であった。つまり、いつの頃からか私達の内に宿った、永劫、あるいは久遠という思いが実体化されて、阿弥陀仏という存在として東洋文明の内に措定された。

現代の私達は、この世にもあの世にも阿弥陀仏などは存在しないことを直感しているから、誰も真剣に、なむあみだぶつ、などと唱えはしない。せいぜい葬式の儀式の言葉として、慣習上そのような言葉を唱えてみるだけのことである。

クェーサーと呼ばれる強力な電波星の位置は、手元の新聞には十数億光年という記述と百億光年という記述と二種類あって、どちらが正確なのか素人には分からないが、遠い方を取って百億光年の彼方にあるとすると、その百億光年という数量が、とりも直さず私達が保有してきた永劫、あるいは久遠という宗教的な思念の科学的な実体である。「はるか」は、やがてその百億光年という数量をより精密に分析し、その映像さえをも私達の手元に届けてくるだろうが、それは取りも直さず「永劫」あるいは「久遠」そのものの数量分析であり、映像化であるにほかならない。

宇宙科学が「はるか」をはじめとした様々な手段によって、宇宙自身の起源と行く末を探求しているのは、じつはほかではなく、ここにあって唯一無二の呼吸をしている私達自身の起源と行く末を探究しているのであり、ここにおいて宗教と科学は、海と空のように同一の水平線に融合する。

宇宙が百五十億年（と言われている）の歴史を持っているとすれば、私達自身も私達を育む山川草木も同じく百五十億年の歴史を持っているのであり、それは詩でもなければ宗教でもない。

なぜか県内に二カ所ものロケット基地を持つ鹿児島は、以上二つの側面において地球の新たな希望に貢献していると思うのだが、科学に対しても宗教と同じくアレルギー反応を示す人は、意外に多いようである。

永さと豊かさ

今号をもって、「文化ジャーナル鹿児島」は終刊を迎えるという。五大石橋が消えてゆくが如く、ユニークかつ確かな企画において鹿児島の文化を支え導いてきた本誌が終ることは言いようなく寂しいが、満を持して新たな取り組みにかかられるであろうと、逆に期待も膨らむ。

二月に、内之浦町の宇宙空間観測所からクェーサー（準恒星状天体）探索望遠鏡を搭載した「はるか」が打ち上げられたと思ったら、その三カ月後には、今度は国分市の上野原遺跡から九千五百年前の縄文早期のムラ跡が発掘されて、鹿児島の文化の層は、未来へ向けても過去へ向けても、このところ驚異的に厚みを深めてきている。

クェーサーの探索にしろ、上野原遺跡の発掘にしろ、われわれの日常生活に何の変哲ももたらさぬのではないかというシニシズムも当然あろうが、深い文化というものは携帯電話のように眼に見えて街角や村角にあふれ出すものではない。

クェーサーが位置する百億光年という時間点と、上野原遺跡が位置する九千五百年という時間点を比べれば、九千五百年はあまりにも身近なわれわれ人類の時間点であり、百億年はわれわれを超えた、それ自体が神である時間点とも呼べるが、その両者がともに今ここにある私達の時間点であり、時間そのものであることはあらためて言うまでもない。

時間＝時《とき》＝刻《とき》というものは、零《ゼロ》として現れ永劫として現れ、無として現れ無限として現れる。私達の意識の避けて通ることのできない根源のカテゴリーである。

森の時、川の時、海の時と題して、これまで二十六回にわたって連載をさせていただいてきたが、それはとりも直さず、私の住む島の森の時、川の時、海の時の、永さと豊かさと意味を探りたいがためだったと同時に、この地球に生物が生成し、人類もまた生成してきたことの永さと豊かさ、そしてその意味を探りたいがためであった。

六月上旬の日曜日の午後、子供達を連れ一家五人で日出子《ひでご》海岸という処へ貝採りに行った。それは砂浜がなく、ごつごつとした岩が切り立った岩海である。

近頃妻は、この島でイソモンと呼ばれるトコブシに似た貝を採ることに熱中しはじめ、潮の具合さえよければ海に行きたがる。日出子海岸の岩場をいくつも乗り越えて奥へ行くと、その辺りにイソモンがたくさんいるという噂を聞きこみ、天気も上々だったので皆で出掛けて行った。

ラジオの報道によると、今年は北極圏上空のオゾン層が一年間で三〇％も減り、過去最大の減少率であったという。これまでは南極上空のオゾン層の減少が著しかったわけだから、オゾン層の破壊は今や両極上空にわたっており、私達陸上生物の生存は、目下の所は一年一年と絶滅にさらされる度合いを深めている。

ご承知のように、海中の生物が陸上で棲むことができるようになったのは、地球の上空二十五キロくらいの成層圏にオゾン層と呼ばれる、一気圧に換算すると厚さわずか三センチほどの層が形成されて、それが太陽の有害な紫外線を遮断してくれるお蔭だそうだが、私達の文明が冷蔵庫や消火器やスプレーにフロンを使用しはじめたせいで、この数年は急激にそのオゾン層の破壊が進行している。

私達家族は、それゆえに皆麦わら帽などの帽子をかぶり、長そでのシャツを着て岩海へくり出して行ったのだが、つまりそういう時代のそういう時を現在過ごしているのだが、岩場にたどり着いて貝を探しはじめれば、いつしかそんなことも忘れて、ただ目前の岩の窪みにイソモンが張りついていないかと、夢中になった。

しかしながら近頃の私は、海へ行くたびに貝を探しながらも、岩石の層というものが気にかかる。むき出しの海岸の岩には、それが何万年もの堆積によって形成されてきたことを示す縞模様の曲線が見られるので、この岩は一体どのくらいの年齢を持っているのかと気にかかるのである。何万年という時間であることは感じるが、岩石の勉強ははじめたばかりだから、確かなことは皆目分からない。

六月上旬の日曜日の午後、ひととおり貝を採って、子供達を潮だまりの浅瀬で泳がせながら、堆積の縞模様のある大岩の上で一服していた時に、不意に千四百万年という数字が思い浮かんできた。

この島が海底から隆起して姿を示しはじめたのは千四百万年前と知ってはいたが、そのことと岩石の年齢というものがその時までは私の中では結びつかなかったのだ。それが結びついた瞬間に、少なくとも私が腰をおろしているその大岩は、千四百万年という時間を秘蔵していることが明らかになり、それと同時に自分がそれだけの時間の呼吸に取り囲まれているのだという事実が明らかになった。

大岩が、物言わずそのことを教え、伝えてくれたのである。

縄文杉は七千二百年という時間を伝えてくれる。上野原遺跡は九千五百年という時間を伝えてくれ、海岸の岩はそれがどこの海岸であろうと、一千万年、二千万年単位の時間を伝えてくれる。さらにクェーサーは、十億年、百億年単位の時の可能性を指し示してくれる。

私達は、この百年や二百年の文明によって私達自身を滅ぼしてはならず、もう一度今から、少なくとも千年単位の文明の可能性を新たに探ってゆかねばならないのだと思う。

蝶という夢

雨の花

アオノクマタケランについては、以前に「生命の島」に連載した「日々《にちにち》の風景」の中で触れたことがある。(『一切経山』溪声社所収)

あらためて記せば、その草はショウガ科・ハナミョウガ属の植物で、ランという名前がついているがラン科の植物ではない。屋久島ではマンドゥハと呼ぶようだが、それはずっと以前に一湊の人から聞いた名前で、その人も確信をもって教えてくれたのではなかったから、本当にそういう呼び名なのかどうか正確なところは分からない。

けれども、このほぼ二十年近くその植物をマンドゥハと呼び続けてきたので、僕にとってはそれはアオノクマタケランであると同時にマンドゥハ以外のなにものでもないものとなってしまった。

それについては、耳で最初にそう聞き習ったという理由のほかに、自分勝手にこしらえた合理的と言えなくもないもうひとつのわけがある。

島ではこのマンドゥハの葉を使って、カンを作る。カンは島人なら誰でも知っているように、モチ米の粉に黒糖を加えて練りあげて蒸す、伝統の祝いの食物であるが、それを巻いてある香りのよい葉がマンドゥハである。カンは、黒糖の甘さが強いので食物というよりは菓子といった方がよく、一種の饅頭《まんじゅう》と見なすこともできる。饅頭はマントーと読むことができ、中国語では小麦粉を練って蒸したパンをマントーと呼ぶから、その呼び方が琉球・奄美群島を経てこの島にも伝わり、マントーを包む葉、すなわちマンドゥハになったのではないか。

勝手にそんなことも考えて、僕はそれをマンドゥハと呼び続けてきたのである。

今回この稿を書くに当って、あいまいなままではよくないと思い、宮之浦の長井三郎さんに敢えて問い合わせてみた。三郎さんなら多分正確なところを知っているだろうと、当りをつけたからである。

案のじょう、三郎さんからは明確な答が返ってきた。宮之浦ではアオノクマタケランをマキンハと呼ぶのだそうである。マキンハとは、マキノハのことで、カンを巻き包む葉を意味している。それがなまりつまって、一湊ではマッドハとなった。

ほぼ二十年も前からマンドゥハと聞き覚えてきた名前は、正確にはマッドハであり、従って勝手に思っていた饅頭葉《マントウハ》説は誤りであったことも同時に明らかになって、僕としてはすっきりするとともに、思い込みというものがいかに自分勝手なものかということも教えられて、有難かった。

マキンハ、すなわちマッドハになぜこのようにこだわるかというと、僕にとってこの植物は、世界中のあらゆる植物の中でも最も心魅かれる植物のひとつであるからである。

屋久島のみならず、奄美や沖縄の人達もまた伝統的にこの葉を使って祝いの食物をこしらえる。屋久島ではそれをカンと呼ぶが、奄美や沖縄ではそれをサネン（サニン）ムチと呼ぶ。ムチはもちろんモチのことである。奄美や沖縄ではマッドハはムチザネン（サニン）と呼ばれ、ムチザネンの葉で巻いて蒸すモチだからサネンムチと呼ぶわけである。

僕が生まれて初めてサネンムチを食べたのは、三十年以上も前に奄美諸島を旅した時で、その時に、この世にはこのようによい香りを放つ植物があることを知って、心の底から驚かされ、かつ魅惑された。僕の南島憧憬の原点のひとつとして、その時以来その香りが定着してしまったのである。

一人の人間が一生住む場所を決めるのに、ひとつの植物の放つ香りがその普遍的な要因となり得るものかどうかは定かではないが、少なくとも僕の場合は、全面的ではないにしてもそういうことが言えるのだと断言できる。

人と人が結ばれる縁が、ひとすじの赤い糸に依っているということができるなら、人と植物の間にもそのような眼には見えない赤い糸で結ばれているものがあることを感じるのである。

つい先頃の新聞で、奄美大島では「雨の花」が満開、というカラー写真入りの記事が載っていた。

その写真がマッドハにほかならないので、興味をそそられて記事を読むと、奄美大島ではそれをムチザネンと呼んだりムチガサと呼んだりするほかに、「雨の花」とも呼んでいることが分かった。奄美の呼び方であれば、「雨の花」はアメンバナであろう。なぜそのように呼ばれるかというと、奄美地方が梅雨に入る頃にその花が咲きはじめ、ほぼ一ヵ月間咲き続けて、その花期が終る頃には梅雨も終ることからその呼び名がつけられたのだという。

「雨の花・アメンバナ」という美しい呼び名があることを、その新聞記事で僕は初めて知ったのだが、それは単に新しい知識がひとつ増えたことを意味するのではなくて、僕の人生に新たなる豊穣がまたひとつ確実に加えられたことを意味している。

アオノクマタケラン＝マッドハ（マキンハ）＝ムチザネンという呼び名の系列が、祝い食物に由来する地域文化の名前であることに加えて、雨の花・アメンバナは季節ないし気象由来の呼び名であるから、二つの系列の呼び名が重なることによって、その植物が持つ風土性とも呼ぶべき性質が、一挙に二倍にも三倍にも色濃く感じられるようになったのである。そしてそのことは、言うまでもないことであるが、それだけ僕の人生が豊穣化されたことを意味しているのだ。

人生を豊かにすることについていえば、これとはいわば反対の方向性もある。マッドハ、マキンハ、ムチザネン、ムチガサ、アメンバナという目前の事実から出発して、それを和名のアオノクマタケランと受け止め、さらにAlpinia《アルピニア》 intermedia《インテルメディア》 Gagnep《ガグネプ》という学名の方向へとそれを探索して行く方向性である。この方向性からは、日本の中でこの植物が自生している生態系が特定されるのをはじめとして、客観性と国際性を持ったこの植物の特性というものが抽出されてくるだろう。

例えばGagnepという呼び名は、おそらくはこの植物を最初に学問的に発見した人の名前であろう。ガグネプがいつどのような契機においてこの植物に出遇ったか、その人がこの植物に出遇ったのは、花の可憐な美しさにおいてであったか、葉の香りの素晴らしさにおいてであったかなどと探って行くことは、人生を豊かにしてくれるひとつの大いなる方向性である。

僕はその方向性を、地域即地球、つまり地域（島）というものは当然のことではあるが地球という全体に包まれている部分であるというコンセプトにおいて呼んできた。この時代が国際時代と呼ばれるのは、物質的にも情報的にも地域が独立ないし孤立することはもはやあり得ないという深い事実にもとづいている。

けれどもその反対に、目前のアオノクマタケランを、アオノクマタケランという和名をも飛び越えて、ただマッドハ、マキンハ、ムチザネン、ムチガサ、アメンバナと呼び、そこに無垢で無上の喜びを感受する世界がここにはあることもまた、何よりも確かなことである。その確実性、そのまぎれもない事実を、僕は地球即地域という言葉で呼んできた。

地域は地球に内包されている一方で、その反対にその内部に地球そのものを内包しているのだという思想である。僕達はこれまで、学問や文化や思想というものを、いわばアメンバナ(雨の花)からアオノクマタケランへ、アオノクマタケランからAlpinia intermedia Gagnepへと立ちのぼらせる一方向のみに重点を置いて作りあげてきた。それはそれで大切なことであるが、地球即地域という方向性から明らかになることは、〈ここに住み、ここに暮らす〉ということのかけがえのない重要性であり、Alpinia intermedia Gagnepからアオノクマタケランへ、アオノクマタケランからアメンバナへマッドハへと掘り深めてゆく、新しい学問や文化や思想の可能性である。

蝶という夢

夏休みに入ったばかりのある日の午前中、小三の息子と二人でギョボクを探しに行った。息子が虫箱で飼育しているツマベニチョウの幼虫が、そこに入れてあったギョボクの葉をほぼ食べつくしつつあったからである。

僕達が住む白川山《しらこやま》一帯だけでも何百種類、何千種類とあるはずの植物達の中で、不思議なことにツマベニチョウの幼虫は、ただひとつギョボクの木の葉だけしか食べない。他の植物も食草にできるなら、ツマベニチョウ達は地上に溢れるほど繁殖できるだろうに、そういう遺伝子を持ったことはなく、この地上でただ一種類のギョボクと呼ばれる植物の葉だけを食べる。

白川山のわが家の周囲でも数は少ないがツマベニチョウが飛んでいるから、どこかにギョボクが自生しているのは確かなのだが、それがどこなのかは皆目分からない。

一湊《いっそう》小学校では田島俊洋先生が熱心にツマベニチョウの繁殖に取り組んでおられて、ギョボクの幼木を何鉢も育てていらっしゃる。学校がある間は、息子は先生からその葉をもらってきていたのだが、夏休みに入った今は、自力でそれを探し出さなくてはならない。

田島先生の指導で、昨年の春からツマベニチョウやアゲハチョウの羽化に興味を持ちはじめた息子は、これまでに何度かは卵から幼虫へ、幼虫からさなぎへ、さなぎから羽化の日へと蝶を育てることに成功してきたので、その経験から、白川山から一湊小への通学路の途中に一カ所だけギョボクが自生している場所をうろおぼえに見ていた。

軽トラでその辺りまで行って、ゆっくり車を走らせながらそれらしい植物を探したが、いっせいに繁り立った夏草や樹木に埋もれてギョボクは見つからない。車を何度かバックさせたり前進させたりして、この辺りなんだよ、と彼が言う場所を探したがやはり見つからなかった。

車で見つけようとしたのが誤りだったと気がついて、二人でその辺りの前後五十メートルばかりを、今度はゆっくりと歩きながら探してゆくと、二往復目の終りごろに不意とその特徴のある三枚葉の小木が眼に入ってきた。

「あった！」

と、二人は宝物でも発見したかのように、同時に小さな叫び声を発したのだが、事実それはその一瞬において、僕達にとってはまさしく宝物だったのであり、何の変哲もない一本の小木が、僕達がこの世界において生きる意味と価値そのものへと変身した瞬間でもあった。

おおげさな、と思われるかもしれないが、植物にせよ動物にせよ鉱物にせよ、希少な種類のそれを見つけ出した経験を持っている人なら、そのことは誰にも同意していただけることだと思う。


モンシロチョウよりひとまわり大型で、羽の端がオレンジ色にふちどられている白いツマベニチョウはとても美しい亜熱帯及び熱帯性の蝶だが、それよりさらに大型のミヤマカラスアゲハも、よく見るとぞくりとするほどに美しい蝶である。

ここらでよく見かけるアゲハチョウの仲間には、ミヤマカラスアゲハのほかにモンキアゲハやクロアゲハなどがいるようなのだが、そのどれをもこれまでの僕はじっくりと眺めたことがなかった。

ミヤマカラスアゲハがぞくりとするほど美しい蝶だと知ったのは、二カ月ほど前のことである。それもやはり息子のおかげで、彼が飼育していたさなぎがある午前中に羽化して立派なアゲハチョウになった。登校中の本人に見せられなかったのが残念だと言いながら、妻と二人で飼育箱の中で羽化したばかりのそれを間近につくづく眺めたのだが、その美しさは本当に驚くべきものであった。

ミヤマカラスアゲハというからには真っ黒だとばかり思っていたのに、目前のそれは森そのものを映した深い渕のような緑色が主体で、下羽の方には濃紺色のふち取りが入っている。全体に微細な金粉をちりばめたような光沢があり、何本かの朱色の線紋様も走っている。一言でいえば森の神秘な色彩を一身に凝縮しきったかのようなのが、ミヤマカラスアゲハという生きものなのであった。

ミヤマカラスアゲハの遺伝子が、なぜミヤマカラスアゲハにそのような色彩を持つことを命じ、かつ選択したのかはもとより分からないが、もし森に森の妖精というものが存在するならば、きっとそのような森自体の色彩を帯びているだろうと思われるほどに、精妙で豪華で、それ以上に神秘な色彩体を、見事にそのミヤマカラスアゲハは体現しているのであった。

僕は常々、人がひとつの場を自分の生涯の場と定め、そこを深く旅してゆくならば、その場からは、その人の一生や二生をかけたくらいではとても汲み尽くすことのできないほどの、大いなる宝を与えられるだろうと考えているのだが、その日の午前中に妻と二人で眺めた羽化したばかりのミヤマカラスアゲハこそは、その典型であり、自然すなわち神から与えられた恵みの中の恵みというべきものであった。

荘子・内篇、斉物《せいぶつ》論篇第二の一番終りに出てくる「胡蝶《こちょう》の夢」の話は、DNA遺伝子が発見された今世紀末の現在もなお、僕達をしていきなり、人間の意味の深淵へと引き込むだけの力を持っていると思う。

昔は荘周《そうしゅう》、夢に胡蝶となれり。ひらひらと舞いて胡蝶なり。自ら喩《たの》しみて、志《こころ》に適《かな》えるかな。周《しゅう》たるを知らざるなり。にわかにして覚《めざ》むれば、まぎれもなく周なり。周の夢に胡蝶となれるか、胡蝶の夢に周となれるかを知らず。周と胡蝶とは則《すなわ》ち必ず分《けじ》め有り。此《こ》れをこれ、物化《ぶっか》と謂《い》う。

（福永光司訳）

周の夢に胡蝶となれるか、胡蝶の夢に周となれるかを知らず、というよく知られている一行に引き込まれて忘れがちだが、この一節の肝腎《かんじん》なところは、最後の、〈此れをこれ、物化と謂う〉という一文にあるだろう。

物化とは、物に同化することであり、世界を、そこに現れ出た自分として観る生き方のことである。

ツマベニチョウとミヤマカラスアゲハのほかに、僕にとってはこの世界に現れ出た自分としてのもうひとつの蝶がいる。アオスジアゲハである。名前どおりに羽に青いすじが入っている小型のアゲハで、青という色が好きな僕は、この十年くらいは夏の道ばたの水たまりに群がるその蝶の姿を、もうひとつの自分の幸福として眺めてきた。

アオスジアゲハが水たまりの縁《へり》に止まり、自らの姿をそこに映しながら、その水を飲んでいる風景の中に、僕は自分の幸福な全人生を見る。

アオスジアゲハ達が、多分ひと夏の短い生を、こよなく水たまりを愛して、子孫を残してここを去っていくように、僕達もまたひと夏のように短いこの人生を、この島という水辺で、そこに自らの姿を映し出しつつ、その水をこよなく飲んで去ってゆくのだ。

蝶の意味と人間の意味とはそのように斉同《せいどう》であると、荘子（荘周）は見ていたのであろう。

文明にまけるな

今回は、四国の西念寺というお寺を訪ねたことから書きはじめよう。

西念寺は、香川県の満濃町・羽間《はざま》という処にある古刹《こさつ》であるが、現在は寺域も狭くなり、一見すると小さな田舎寺に過ぎない。しかしながら、創建されたのは一一七五年というから、平安時代の末期のことで、今からおよそ八百年前のことになる。

僕がそのお寺を訪ねたのは、あるご縁で副住職の瀧口修薫尼と知り合い、そのお寺が晩年の法然上人が流刑に処せられた配流先のお寺であることを知ったためである。詳細については省くが、浄土宗開祖の法然上人（一一三三年〜一二一二年）は晩年に四国流刑に処せられ、当時は生福《しょうふく》寺と呼ばれていたそのお寺に一年足らずではあるが配流されたのである。

現在、西念寺には、分骨ではあるが法然上人の遺骨を納めた墓所があり、代替りしてはいるが法然上人のお手植えと伝えられている松もある。そこを訪ねれば時間は一息に遡って、鎌倉時代初期の讃岐《さぬき》の国にあった上人の呼吸が、おのずから思われてくる。

西念寺のある羽間の里では、江戸時代の前期頃から歌われているという、次のような子守歌があるそうだ。

ここは羽間の新黒谷よ
ほとけ盗られた　濡れぼとけ

羽間西念寺の和尚さん寝とれ
ほとけ盗られて　まだ寝よる

羽間西念寺の桜の馬場へ
彼岸桜の枝折りに

羽間西念寺の七色椿
分けてあげたや　寺々へ

新黒谷というのは、配流された法然上人がその地を、自分の庵のあった京都の黒谷に喩《たと》えて、新黒谷と呼んだことからその名が生まれたという。一方で〈ほとけ盗られた〉という歌詞は、江戸時代の前期に西念寺が遭遇した大事件にちなんだものであるという。西念寺にはその頃までに、嵯峨《さが》（京都）の立釈迦《たちしゃか》、讃岐の寝釈迦《ねしゃか》と並び称せられたほどの、一丈六尺（四・八メートル）のブッダの涅槃《ねはん》像が祀《まつ》られてあったのだが、ある時、高松藩の藩主の家来達三十人が三台の大八車とともに押しかけてきて、その寝釈迦像を持ち去ってしまったのだというのである。

徳川家康の帰依《きえ》を受けて、浄土宗は江戸時代には大変隆盛するのだが、高松藩主松平公も法然配流の地という歴史にちなんで、現在の高松市内に法然寺という大きな菩提寺を建立する。代々の藩主松平公の墓所となったお寺である。僕は西念寺の修薫尼とともにその法然寺にもお参りしたのだが、寺領六万坪ともいわれるほどの巨刹《きょさつ》で、さすがに藩主の菩提寺だけの風格をそなえたお寺であった。

法然寺では住職の接待で抹茶をご馳走になり、また住職ご自身の案内で涅槃堂へお参りして、三百年以上の昔に西念寺から運び去られたというその大きな寝釈迦の前で、住職の先導により一炷《いっちゅうじ》時のお念仏を唱えさせていただくことができた。

法然寺の現住職は、広大な寺領を利用してそこを牧場とし、また寺内に讃岐うどんの工場もこしらえて、心身障害者の働く場所を広げる仕事を兼ねておられる宗教者であり、よそ者の僕などが昔のことを引き合いに出してうんぬんする筋合いなど全くないのであるが、お念仏をしているその一丈六尺の大涅槃仏が、かつては西念寺さんのものであったという事実だけは、思わないわけにはいかなかった。

少なくとも三百年前から伝えられているという、羽間の里の子守歌は、そのようないきさつから歌い継がれてきた、羽間の里人達の西念寺への肩入れの歌であり、当時の公権力へのささやかな抵抗の歌でもあったのである。

この文章を書いている十二月の今は、新しい年のカレンダーをいただいたり、プレゼントされたりすることの多い時節である。

その中に今年は、新しく編集された「くだかけ会」発行になる日めくりの万年カレンダーがある。「くだかけ会」というのは、神奈川県の足柄山の山中にある不登校児のための生活と学習の場で、かねがね尊敬している野の哲人、故和田重正先生という方がはじめられたものである。現在は、子息であり私の友人でもある和田重良さんがそこを引き継いで、今年度の正力松太郎賞の教育分野を受賞された。

「くだかけ」カレンダーにはこの十年間変わらなかった旧版と、今年新しく編集されたものと二種類あるが、いずれも和田重正先生の墨書と日にちだけが印刷されてある点では同じである。曜日がないから、何年でも繰り返し使うことができる。一日からはじまってその月が終ると、また一日からめくり通してゆくのである。

それぞれの日にちに記してある短い言葉に力があるので、僕はこの十年間あきることなくその旧版の方の日めくりをめくり返し続けてきた。例を挙げれば、

二日　まごころは　どこに

五日　本気を　みつけよう
十日　人山を見　山人を見る
十三日　しずかな　心
十八日　いのち　やすらぎ
二十六日　星を見よう　雲を見よう　花を見よう
三十一日　ふしぎが　いっぱい

等々であるが、朴訥《ぼくとつ》で力強い先生の墨跡も手伝って、毎月見通してあきず、毎年見通してあきず、いつしか十年が過ぎてしまった。

それがこの暮れになって、同じ重正先生の墨字になる別の言葉のカレンダーが、新しく「くだかけ会」から発行されたのである。

新しいそれが発行されたからといって、古いそれが不用になるわけではないので、僕は居間の鴨居《かもい》に向かい合わせに二つのカレンダーを吊し、近頃は新旧二つのそれから発せられる言葉の二重のハーモニーを楽しんでいる。

毎晩眠る前に、それぞれのカレンダーを次の日へとめくるのが僕のその日の最後の日課なのだが、昨夜、新しい方をめくったとたん、思わずうーむとうなってしまった。そこには、

八日　文明に　まけるな

と、したためてあったからである。

その言葉には、思いもかけぬ深い癒しと、希望の力が秘められてあり、胸に熱くこみあげてくるものがあった。

僕（達）は、日常的には自分が文明にまけているなどとは思っていないが、この時代のかくも激しく行きから情報システムの中で、じつはわれ知らずそこに魂を奪われ自分（達）自身というものを根こそぎに奪われてしまっているのではないか。西念寺の寝釈迦像が、ある時突然里人の前から姿を消してしまったように、五年前に世界自然遺産に登録されたことによって、僕達の島（地域）という大いなる仏も、いずこへともなく運

び去られてしまった部分があるのではないか。

そのような全体的なことは措くとしても、年が明ければやがて卒業シーズンがやってくる。中学校及び屋久島高校を卒業して、島外へ出て行く子供達やそれを送り出す家庭は少なくないであろう。わが家もその中のひとつである。日本という文明社会の内にあって、田舎から都市へ、地方から中央へと、若者の心も大人の心も流されてゆくことが、今では既定の動かしがたい事実となった。

都市文明こそが僕達の文明を象徴する文明形態であるとすれば、子供達を島外に送り出すということのひとつのことにおいても、僕達はすでに文明にまけていることになる。

すでにまけている親が子供を励ますのはおかしなことだが、島を出て行くすべての子供達に僕は、文明にまけるな、と、心からはなむけの言葉を送りたい。そしてそれと同時に、ここに残る者としては、この島が文明にまけぬ伝統の文化を保ちつつ、なおかつこれまでのグローバルな消費経済文明とは異なった新しい地域文明の地となり得るよう、努めるのでなくてはならないと思う。

小《くう》さ　愛《かな》さ

木の芽流しの雨があがって、久々に青空が戻ってきたうれしい一日に、自分だけでひそかにスミレ道と呼んでいる林道の一角へ、スミレの花を見に行った。

スミレにも当り年とそうではない年があるようで、みっしりと群生して眼を見張らされるほどに咲きそろうこともあれば、あちこちに散在してぱらぱらと咲いているだけの年もある。今年の花数は少ない方で、期待したほどではなかったが、約二百メートルにわたるその一角には、小さいという徳において心を揺さぶる紫青の花々が、絶えることなく点々と咲きそろっていた。

背中を暖めほぐしてくれる四月の豊かな陽差しを浴びて、ひとつひとつの花に声にも言葉にもならぬ挨拶を送りながら歩いていくと、不意とかすかなせせらぎの音が聞こえてきた。山裾から浸み出してきた水が集まって、道脇に細い流れを作り、細い流れなりのささやかな水音をたてているのであった。

一湊白川山のわが家の近くでは、昼も夜も激しい音をたてて谷川が流れくだっているから、その音を聞かぬ日とてはないが、そのようにささやかに静寂そのものをもたらしてくれる水の流れは無い。

それゆえに、小川とも呼べぬほどの細流ながら、水というものがほぼ水平にかすかな音をたてて流れているその辺りは、僕にとってはひとつの異界であった。無人の林道沿いに不意に現れ出た、「春の小川」という異界だったのである。

文部省唱歌「春の小川」が、尋常小学四年生用の唱歌として発表されたのは、大正元年（一九一二年）十二月のことである。

鈴木三重吉によって、《……世間の小さな人たちのために、芸術として真価ある純麗な童話と童謡を創作する、最初の運動を起こしたいと思ひまして、月刊雑誌「赤い鳥」を主宰発行することに致しました》とて、日本の童話、童謡史上あまりにも有名な『赤い鳥』が発刊されたのが大正七年七月のことである。
それゆえ「春の小川」は、それに先立つこと六年にして、まだ明治の色濃い当時の少年少女達の胸に純麗なる童謡の代表として、心から歌われていたことになる。

春の小川

高野辰之 詞　岡野貞一 曲

春の小川は　さらさら流る。
岸のすみれや　れんげの花に、
においめでたく　色うつくしく
咲けよ咲けよと　ささやく如《ごと》く。

春の小川は　さらさら流る。
蝦《えび》やめだかや　小鮒《こぶな》の群《むれ》に、

今日も一日　ひなたに出でて
遊べ遊べと　ささやく如く。

春の小川は　さらさら流る。
歌《うた》の上手《じょうず》よ　いとしき子ども、
声をそろえて　小川の歌を
うたえうたえと　ささやく如く。

それ以来すでに一世紀近く、この歌はおそらくはすべての日本人の声において歌い継がれてきたのだが、現在の歌詞と多少異なるのは、昭和十七年に「初等科音楽」に再録された時に、文語体は初等科の子供達には似合わないとて、〈さらさら流る〉を〈さらさらいくよ〉、〈ささやく如く〉を〈ささやきながら〉等々に若干の修正をしたのだそうである。

昭和十七年といえば、その前年に太平洋戦争がはじまり、日本軍はマニラやシンガポールを占領する一方で、ミッドウェー海戦を制したアメリカ軍がガダルカナル島に上陸して、東京を初空襲した年である。

そのような年にあっても、軟弱な歌として排除されることなく「春の小川」が、文部省によって歌いやすく改められさえして歌い継がれたのは、すでにこの歌が排除のしようもなく国民の間に行きわたっていたことと、小さな生命の讃歌という何人も拒み得ない普遍性を持っていたことを物語っている。

沖縄の俚言《ことわざ》に、〈小《くう》さ　愛《かな》さ〉ということがある。

沖縄といっても広く、本島を中心とした地域なのか、先島地方の俚言なのかは分からず、いつ頃から伝えられるようになったのかも分からないが、その言葉の内には、〈命《ぬち》どう宝＝命こそ宝〉という俚言に込められているのと同様の、沖縄近現代史の深い悲惨に耐え続けてきた生命への讃迎が、こめられていることを僕は感じる。

近現代の沖縄の人達が体験してきた悲惨について、僕などに語る資格はないからここでは別におくが、〈小《くう》さ　愛《かな》さ〉という言葉が人々の間に俚言として伝えられたことは、当然のことながらその歴史と無縁ではないように思う。それゆえに、身心の痛みを伴わないでその言葉を使うことはどうかとも思うが、何年か前に耳で聴いたか本で読んだかして初めてその言葉に触れて以来、それは過去の言葉でも沖縄の俚言でさえもなく、僕自身の現在と未来を導き示す鍵言葉《キーワード》のひとつとして、深く胸の中に刻みこまれてしまった。

〈小《く》さ　愛《かな》さ〉というと、それは春の小川のほとりに咲くスミレの花のようなものを愛《かな》しむことのようだが、ただそれだけでなく、じつは僕達自身の生命《いのち》の相もまたそのスミレの花と同じく、小さく愛《かな》しいものであることを意味していると思う。

一九六〇年代以後の高度経済成長とともに、僕達には大きいことは善いことだという幻想がまつわりつき、宇宙制覇という言葉に象徴されるように、人間にできぬことは何ひとつないかのように開発・躍進することを善としてきた。それはそれで人間性の側面であり、敢えて否定することはできないが、その反面において僕達は、千年前とも二千年前とも同じく、この地上において、つまりこの場において生死してゆくほかはない、まことに小さな生物の一種でもある。

沖縄発の〈小《くう》さ　愛《かな》さ〉という俚言《りげん》は、そのことを改めて思い起こさせてくれる深い言霊《ことだま》として、ひとたびそれに触れるや、そのまま僕の胸に深く刻みこまれたのである。

〈小《くう》さ　愛《かな》さ〉の我身に立ち、林道の傍らを流れる小川とも呼べないほどの水流にしゃがみこんで、かすかにこぼこぼと聴こえる水音に溶けていると、近頃はこよない友達となったヤマガラが、ツツピーッ、ツツピーッと高く澄んだ声で啼く。

どうしてそうなるのかは分からないが、ヤマガラという鳥は、こちらの心が静かに収まるのをまっているがごとくに、その時に呼応して高らかに啼く。

姿やさしく、色うつくしく咲くことがスミレの生命であるならば、静かさの中で決してその静かさをこわさず、高く澄んだ声で啼くことがヤマガラの生命なのだろう。

人間には経済（明日のパン）という問題もあり、いつまでも春の小川の世界に浸っていることはもとよりできないが、それにしてもその生命の本質は、スミレの側にあり、ヤマガラの側にある。

アメリカインディアンの世界では、〈I《アイ》 love《ラブ》 you《ユー》〉というかわりに〈I《アイ》 kin《キン》 ye《イー》〉という独特の英語が使われるということである。〈kin《キン》〉とは、〈親類〉や〈血縁関係〉のことだから、その言葉によって、自分は相手と同じ血を持っていると告げつつ、同時にそれが愛していることを意味していることになる。

その表現を借りるなら、僕達の本質は明らかにスミレやヤマガラや、水そのものにさえ血縁しているのであり、僕達はその種族なのだ。僕達がその仲間であり同族であるからこそ、本能的に僕達はそれらを愛することができる。

繰り返すことになるが、僕達人間は巨《おお》きなものでもいわゆる霊長類でもない。自分達を霊長類と呼ぶことによって、類として全体的に思い上がってきたのが西洋発の近現代世界史であった。

このように書けば、人間は宇宙の果てまでも想像することができ、探査することができる最も優れた生物ではないか、と反発されるかもしれないが、それは人間の特殊性なのであって、その特殊性はスミレの花がなぜか紫青の微妙な色あいに咲き、ヤマガラがなぜかは分からないが、ツツピーッ、ツツピーッと声高く美しく啼く特殊性と変わるものではない。

〈小《くう》さ　愛《かな》さ〉という沖縄発の哲学は、僕達の次の世紀を支えることさえもできる、大いなる言葉であると僕は考えている。

アジア的民主主義ということ

沖縄では今、西泊茂昌《にしどまりしげあき》というまだ二十代の歌手が出した「風が癒《いや》す唄をきけ」というCDが大変流行《はや》っているという。

沖縄も日本であるには違いないが、オリオンビールやハイトーンというタバコに象徴されるように地元にしかない自立した文化があり、歌や唄の流行にもおのずから本州とは別の独自のものがあるらしい。

所用で一週間ほど那覇に滞在した時に、琉球大学の英文科の女子学生がそのCDを教えてくれたのだが、渋い唄声といい琉球調のメロディといい、一度聞いただけで僕もすっかりそのファンになってしまった。

「アジア的民主主義ということ」というこの章と関係が深いので、次に少し長いけれども、そのCDに収められた最初の曲と三番目の曲の歌詞を紹介してみる。

コッコーヌファ・孝行者

詩　はくどう
曲　天久和也
唄　西泊茂昌

うりずんの朝　空を見上げた怠け者は
雨だと仕事せず　晴れと信じた孝行者《コッコーヌファ》が
畑に着く頃は雲ひとつない晴天だとさ
真の裕福は素直な子を持つ事
人を大切にし島を想い　末は国を
背負う人になれ
孝行者よ

真実が見えない世の中だからこそ
愛しい子よ
殴ってでもお前の悪さを直そう
よく走る馬程怪我がおおいように
驕《おご》るなかれ背伸びしすぎると転ぶぞ
忘れるな
孝行者よ

忘れるな流れる川は万物の源
風は花の種子を運ぶ足
お前も吹く風　流れる川
日の如く素直に大きく大きくなれ
孝行者よ

風のどなん

詩　はくどう
曲　天久和也
唄　西泊茂昌

風がうまれ
風出発　太陽《テダ》の島　どなん（与那国）

年寄りの昔話程　魅力が無いと
話す夢なき　愚かな者よ

年問わんより　世を問えと
古き諺《ことわざ》　説こうぞ

愚か者が住む　夢なき国へ
疾《はし》れ疾れどなん風　愚か者を吹き飛ばせ

風が生まれ
風出発　太陽《テダ》の島　どなん

世の中が悪いと　時代が悪いと
話す夢なき　臆病者よ

修羅の荒波に　海の道作る
海人の闘志見せようぞ

臆病者が住む　軟弱な国へ
疾れ疾れどなん風　軟弱者を吹き飛ばせ

愚か者を卑怯者を
吹き飛ばせ　どなん風

ＣＤには四曲が入っており、他の二曲も表面的には琉球民謡とも間違うほどに古めかしいような歌詞なのだが、そういう歌詞と曲を若者達が作り、それがまた若者達に受け入れられて、熱く支持されていることに、僕は二重の感銘を受けた。西泊茂昌がこのＣＤで伝えようとしていることは、うすっぺらな民主主義や個人主義の衝動ではなく、沖縄の伝統的な文化に深く両足を突っこみながら、新しい時代を伐《き》り開いていこうとする断乎たる意志なのである。

僕は、基本的人権思想に基づいた現在の憲法を深く支持し、戦後民主主義と呼ばれる民主と自由の思想を、千年思想と呼んでよいほどに支持している者であるが、その一方で、親もなく子もなく伝統もなく地域性もないかのような現在の個人主義の風潮には、強い危惧の気持を抱いている者の一人である。

アメリカ発、あるいはその源の西欧社会発の現行の民主主義は、政治上の民主主義と自我の感覚である個人主義とをいつしか混同してしまい、戦後の五十年をかけて民主主義=個人主義という社会風潮を絶望的なまでに蔓延《まんえん》させ続けてきた。政治上あるいは基本的人権に基づく民主主義思想が根づけば根づくほど、それに付随して個人主義思想が社会の基本的な思想として肯定され続けてきたのである。

その結果、まず「家族」という、人間にとって一番基本的な価値観が崩壊し、家族を生み出した両親及び先祖という価値観が崩壊し、両親を大切にすることや年寄りを大切にすること、御先祖を大切にすることは、時代遅れの感傷的な事柄と見なされるようになってきた。

現存する家族においても、夫と妻は夫婦であるよりはパートナー同士であることが好まれ、親子は親と子であるよりも友達同士のようであることが好まれる。夫婦や親子は基本的に個人の関係であるから、いつでも解消し得る。幼時は別にして、成長した後の親子はその血縁関係を意識的に断つことさえも自由なのである。

個人主義は次に、人間はその住む地域に所属して暮らしているという事実を忘れさせた。その地の地理という地域性をはじめとして、地域共同体という言葉や村落共同体という言葉は、古き悪しきものの象徴のようにさえ考えられ、地域的なもの、ムラ的なものには一切の善もなければ新しさもないかのように見なされてきた。

個人と個人の自由という価値観（都市的、西欧的、アメリカ的価値観）の前では、それらはただ克服されるべき対象であるに過ぎなかったのである。

僕はむろん、封建的な身分制度からなる家族制度や村落組織に価値を置くものではなく、その点ではきっすいの民主主義者であるが、家族という関係性よりも上位に個人が位置するかの如く誤解されたアメリカ民主主義や、地域性よりも個人に価値を置く都市的民主主義の前途には、明るい未来を見ることはできない。

家族が崩壊し、学校が崩壊し、地域及び社会が崩壊しても、なお真実として存在し得る個人などというものは、あり得ないと考えるからである。

アジア的民主主義という言葉は、数年前から個人的に暖め続けてきた考えであり、現在もまだ明確に論理立てられたものではないが、僕なら僕という個人が、個人の自由という大切な光を保ちながら、それと同じほどに大切な家族という共同体に属し、同様に大切な地域という共同体に同じく所属していく、新しいヴィジョンの呼び名である。

このヴィジョンの根底には、人類は他のすべての生物達とともに、この地球という地理に属しているという事実がある。よく言われるように、ヒト族は万物の霊長でもなければ、地球の所有者でもない。他の無数の生物達や非生物達とともに地球を構成している一員であるに過ぎない。

この基本的な認識を推し進めていくと、都市にせよ農山漁村にせよ、僕達人類は、他の生物や非生物とともに、地域という現実の地球上の場に所属しつつそれを構成している存在であることが見えてくる。

個人の自由、人間の自由という僕達が作りあげてきた観念は、必然的にこの場（地域＝地球）という事実において制約されるものである。しかしながらその制約は、当然のことながら封建的なムラの束縛や制度に逆戻りすることを意味するのではなく、相互扶助という最も美しく大切なムラ精神に基づいた、新しい個人と、自由とを作り出していく出発点である。

相互扶助という、アジア的農村共同体の根幹の精神を軸にした思想は、ただ単に僕の胸の内にあるのではなくて、すでに沖縄の若者達の間で、新しい琉球歌という形において熱く支持され、出発されている。

本州の若者達がとっくに失った「孝行者《コッコーヌファ》」という観念《アイデア》や、昔話や年寄りから学ぶという観念《アイデア》が、まさしく新しい価値観として、根のある価値観として、沖縄の若者達には意識されはじめているのだ。

個人は、もとより大切な観念《アイデア》であるが、それが本当に生きて、意味として活動できるためには、その個人がどこから生まれ、どこへと死んでいくのかが深く問われるのでなくてはなるまい。

「コッコーヌファ・孝行者」と「風のどなん」の歌詞をもう一度注意深く読んでいただけば、地域とその伝統を讃えつつも、新しい個人、僕の言葉でいえば相互扶助の心を基軸においたアジア的民主主義の地平を模索している、沖縄の若者達の呼吸を感じていただけるだろう。

アジア的共同体ということ

帰ってくる

旅に出て
旅から帰ってくる
鹿児島港から船に乗り
やがて　屋久島の山々が見えてくると
帰ってきた　と　心からほっとする

百年の後には

今ここに生きている人は　誰もいない
皆　島そのものへと帰り
新しい見知らぬ子孫たちが　いるだろう

帰るべき場所は
島山
深く深く　帰るべき場所は
緑なす　島山

永い　幸せを汚すまい
核兵器や原子力発電とは別の智恵で
一木一草の智恵で
しっかりと　明るく
緑なすこの島山に　やがて帰り着くのだ

半月ほど島を留守にして、静岡、東京、栃木、山梨、長野、神奈川、大阪、奈良、三重と、詩の朗読と話の行脚《あんぎゃ》の旅をしてきた。

その旅も終りに近づいた奈良市での朗読会で、ここに記した「帰ってくる」という詩を読んだのだが、読みながら不意に熱いものがこみあげてきて、あやうく喉がつまりそうになった。

その思いの核には、むろん帰りを待っていてくれる、白川山のあばら家の妻や子供達が灯している灯があったと思うが、六十一歳を越した僕の身としてはただにそれだけの感傷ではなかったはずだ。

その時の僕においては、自分の死後も緑深く青々とそびえ立つ島山の風景が、ありありと見えていて、主としてそのために熱いものがこみあげてきたのである。

学生の時分に傾倒して、その全集をすべて読み通したドストエフスキーの作品のどれかに、

「自分もまたセンナヤ広場の塵屑《ちりくず》として、この世を去って行くのだ」

という意味の一行があって、センナヤ広場というのはモスクワかペテルスブルグにある

中心街の名前なのだが、その一行を今も覚えている。

自分もまたその主人公と同様に、センナヤ広場、つまり東京という大都市の塵屑のひとつとしてこの世を去って行くのかもしれない、と強烈に感じ、さらに強烈にそのような死に方だけはしたくないとも思ったことを、今でもよく覚えている。

自分の生、したがって死を、緑なす島山に帰すことは、センナヤ広場の塵屑として消えさることとは対極にある意味性であり、やがて僕はむろん前者を選んでこの島の住人となったのである。

すでに成人して、島外で暮らしている子供達が、ここに戻ってここの生死を継承してくれるかどうかは定かでないが、少なくとも自分の身心ひとつは、この島山に帰す。

この四、五年間ずっと考えていることのひとつは、民主主義及びそこから発生した個人主義や人間中心主義には、何か根本的に欠けたものがある、ということだった。

先の章にも書いたように、僕は民主主義という思想はこれからの千年も持ちこたえるであろう思想と考え、どこまでもそれを維持していくつもりであるが、この思想が現実に展開された日本及び欧米諸国の社会を見れば、決して全能などではないことが明らかである。僕達は、民主主義をより深め、より自由で幸福な社会をつくり出していくために、その欠陥をもより深く見ていかなくてはならない。

前章で書き落としたので記しておくが、民主主義が依って立っている根拠は、すべての人間には生まれながらにして基本的人権が宿されている、という事実である。書き落としたのはそのことではなくて、ではその基本的人権は何にその根拠を持つのか、ということであった。

僕達の民主主義思想は、基本的人権において成立することを前提としてきて、僕達はそれ以上の根拠を問うことも、考えることもしてはこなかった。

突然のようだが、僕達すべての人間が持っている基本的人権の根拠は、「緑なす島山」そのものにあると僕は思う。

僕達は、単独に基本的人権を持った者としてこの世界に生まれてくるが、その人権は、父母から来たものであり、祖父母から来たものであり、さらに遠くは五億四千五百万年前の頃に発生したという、原初の脊椎《せきつい》動物・原初魚としてのミロクンミンギアから来た。

ミロクンミンギアは海から発生した生命だから、僕達はまさしく海から来たのであり、僕達の基本的人権は両親からさかのぼるこの永い永い生命の展開の果てに、僕達に宿ったのだと言うことができる。

二十億年か二十五億年前のある時、海から陸に上った、最初の生物があった。その後の何億年の時間をかけて、陸上生物達は陸に生きることを開拓し、ミロクンミンギアとして出発した僕達の直接の祖先も、やがて陸上を棲みかとするようになった。人類という、脊椎を持つ陸上生物が発生したのは、明らかに陸地という根拠があってのことだから、生まれながらにして僕達が宿している基本的人権は、この地球の大地から、大陸から、つまりこの「緑なす島山」から原初的には生まれ出てきたことになる。

そのことは何億年も昔のことだけではなくて、人類が陸上生物として生存する限りは進行し続けることで、現在も未来も僕達の基本的人権は陸地に属し、海に属し、つまるところは太陽系の内なる地球という惑星に属している。

噂だから、今のところ真偽のほどは定かではないが、聞くところによるとお隣りの種子島の北西に位置する無人島の馬毛島に、原子力発電所から出る核燃料廃棄物を埋め立てる施設を作る動きがはじまっているという。

核燃料廃棄物は、電力会社や政府がどんなにうまく言いくるめようとも、万が一の事故が起これば、種子島はおろか屋久島の全島民をも、死に至る恐怖にさらす危険物であるから、絶対にそのような施設を作らせてはならない。万が一の事故は、すでにこれまでに何度も起きているし、それよりも何よりも、何万年も消えることのない猛毒の放射性物質を地中に埋めること自体によって、僕達の生存と人権の根拠である「緑なす島山」の大地が、何万年にもわたって穢《けが》され続け、従って僕達は帰る場を失うという不安と、生きる場を不安にさらすという二つの不安に、何万年も直面し続けなければならなくなる。

噂だけでこのまま立ち消えていくことを切に願うが、むろんそれは種子島だけの問題ではなくて、すでに作動している青森県の六ケ所村の問題であり、常に危険をはらみ続けている原子力発電という装置そのものの問題であり、さらには核兵器全般の問題でもある。

この文章のタイトルを「アジア的共同体ということ」と題したのは、ヨーロッパ及び北アメリカの文明に比較して、アジアにはまだ大地に依存し大地を尊敬して暮らす村落共同体という自然思想が、色濃く残されていると感じるからである。屋久島もまた、日本の諸都市に見られる社会のありように比べれば、まだ色濃く自然を尊敬し、自然に依存する村落共同体が残されている。

すでに前章にも記したように、その村落共同体が、上意下達の封建組織であったことは深く改めていかなくてはならないが、相互扶助――お互いに扶《たす》けあう――というその根幹の事実は、民主主義と同じくこれまた千年の未来に耐え得る思想であると、僕は考えている。

屋久島や種子島、奄美諸島や沖縄の島々においてさらに色濃く見られる、自然を尊敬し、依存しつつ形成されてきた村落共同体というシステムは、欧米発の民主主義思想には欠けている大地という根拠を明確に持っているのである。

一方でその閉じられたシステムにおいては、大小の権力が発生しやすく、排他的なナショナリズム感情もまた発生しやすい。僕達はアジア的な共同体が持つこの負の要素を充分に自己認識しつつも、相互扶助という個を超えた精神と、自然を尊敬し、依存して暮らす生き方の普遍性を決して見失ってはならない。アジア的民主主義という言葉と、アジア的共同体という言葉を言いかえれば、陸上生物としてこれから新しく作っていく「土からの文明」ということになるが、それはむろんこの大地が包まれている天（宇宙）という事実を否定することではなく、コンピューターに象徴される人間の技術を否定するものでもない。

屋久島方式ということ

東京の石原知事が色々なアイデアを出して話題を呼んでいるが、知事といえば僕としてまず一番に挙げたいのは、何といっても大分県の平松守彦さんである。「ひらまつもりひこの分権文化論」というエッセイが、読売新聞の文化欄に三ヵ月に一度くらいの間隔で掲載されるのだが、そのたびに大いに共感しながら僕はそれを読む。読むたびに感じるのは、ご承知のように平松知事は長年にわたって大分県の県政を行ってきた政治家であるが、それと同時に一人の真摯《しんし》な思想家でもあるということである。

平松さんの思想の根幹は、これまたよく知られているように、東京中央政権に対峙する地方分権の立場であるが、その立場は、すでに言い古されて久しい地方分権という有名無実の枠組みを超えて明確に「地方主権」、ないしは「地域主権」の域に踏みこんでおられることにある。

一番最近の「ひらまつもりひこの分権文化論」（これはたまたまインタビュー記事である）の中で、平松さんは次のように談話しておられる。

私は最近、「地域力」と「東京力」ということについて考えています。「地域力」とは、地域に潜在している力のことです。「東京力」は文字通り物質文明を象徴する東京・首都圏の有するパワーです。

さて、私たちは二十一世紀に向かって二つのキーワードを持っています。まず「みどり」に代表される「環境」です。水辺、海辺の人々であればそれは「みず」や「うみ」に置き換えられます。すでに紹介しましたが、それらはみんなつながっていますね。

もう一つはご存じのように「共生」です。そこで、この二つの課題に取り組む力を、地方の地域と東京、どちらが持っているか。言うまでもなく地域です。地方の地域には自然との「共生」についてもたくさんの文化を持っています。すごい「地域力」です。とりわけ高齢者の知恵には注目しなければなりません。「地域力」には、作家赤瀬川原平さんの説く「老人力」も味方しているのです。

私たちはつい「あれもない、これもない」と嘆きます。しかし、何を基準、標準に「ないない」とこぼしているのか。東京スタンダードでそんな議論をしていないか。これはぜひ再考してみていただきたい。

今日、我が国で「モデルにしたい自治体」のトップに選ばれているのは大分県・湯布院町で、二番目は宮崎県・綾町。ニセコ町（北海道）、掛川市（静岡県）に続いて五番目はまた大分県の大山町です。これらの町に共通しているのは、自分たちの地域の基準を持っている点です（傍点著者）。東京と比べると何にもないけれど、自分たちの尺度で計ると実にさまざまな「地域力」があるのを知っている。そして地域の意志で「要る」「要らない」と判断しています。

地域に吹いている風、文化が違うんです。当然やることも異なってきます。

長い引用になったが、この談話の中には、長年知事を務めてこられた平松さんの引くことのできない立場がよく示されている。

自分達の地域の基準を持ち、要る要らないをはっきりさせる、ということの中には、言葉は易しいけれども、単なる地方分権ではなくて、地方主権、地域主権という難事を目指す知事の気持がよく現れていて、僕としてはまさしくその通りだと、共感せずにはおられない。

引用が続いて恐縮だが、さらに知事は次のように語る。

日本地図のなかに、南西諸島や長崎県・対馬が別掲になったものをしばしば見かけますね。嫌な表現ですが「辺境」扱いです。九州も西の外れ。うちでは大分県を中心にした地図を作製中です。完成すれば、アジアの中で大分県がどんな位置を占めるかが一目で分かります。お手本になるような自治体の人々は自分たちの地域が地球の中心なのだと理解してるんです。そのうえで他地域、異文化、自然との「共生」を模索し続けていますね。

自分達の住む地域が地球の中心であるという事実は、僕などは二十年も前から言っていることであるが、そのことを確認しうるとともに、あらゆる地域がそれぞれに地球の中心であるという当然のインターナショナリズムも、ここで明確に確認されている。

自分達が住む地域の基準を持ち、地域の意志で要る要らないの判断をくだすということは、言葉は易しいけれども、それを実行していくのは最も困難なことのひとつである。屋久島が世界遺産に指定される前後の頃に、県から屋久島環境文化村構想というものが提示されてきたが、そこには島民の意志は全く反映されていないばかりでなく、そもそも県は島民の意志に耳を傾ける気持（体質）さえ持っていないのではないか、という声が島内から挙がったことがある。

県としては、問題が屋久島環境文化村構想というこの地域に固有のものであるだけに、島民の意志を集積しないわけにはいかなくなって、その時に生まれたものが「屋久島方式」という新しい言葉だったと記憶している。

世界遺産指定の前後に、その言葉は一時光《いっとき》を放ったが、環境文化村センターと環境文化研修センターという二つの大型施設が両町それぞれに完成したあたりから、次第にそんな言葉があったことさえも忘れ去られるようになってしまった。国は県に下達し、県は地域に下達するという、あまりにも旧式な図式が、環境行政という地域性と不可分の領域においてさえも再び定着してしまったのである。そのことは、環境文化研修センターと環境文化村センターという二つの施設の運営に、島民が直接かかわれないことに象徴的に表されている。本来ならば、両センターの館長には島民がたずさわってよいはずであるのに、両センターの場合はいつ訪ねても不在の田川日出夫先生がその職にあって、実質的運営は県から派遣された職員によって執り行われている。

僕は個人的には田川さんを大いに尊敬しているし、県から専門の職員が派遣されてくることも大いに結構なことと考えるけれども、少なくともそのトップには島の諸事情によく通じたしかるべき島民が就任し、より現実的な屋久島環境文化村センターなり屋久島環境文化研修センターなりの機能を発揮するべきであると考えている。

現在の両センターのあり様は、県の出先機関としての機能はそれなりに果たしていると思うが、島民のセンターという性格はほとんど感じることができない。せっかくの施設が、主として観光客のための案内・学習の機能しか果たしていないのである。
田川教授は植物生態学が専門であり、誰よりもよく地域主権という思想を理解していただける方だと思うからお願いするのだが、どうか両センターの館長を島民から選ぶべく、システムを変更していくことに力を貸していただきたい。

さらに、僕達が直面している環境問題からすれば、お隣の馬毛島に核燃料廃棄物の貯蔵施設を作ろうという動きが本格化してきた。

国と電力業者が手を結んで、漁業不振、商工業不振の種子島の現状につけこみ、これから二十四万年も消えることのないプルトニウムという猛烈な放射能を含む廃棄物を、種子島と屋久島の隣でもある馬毛島に埋めようというのである。

昨年の夏から十二月までに、種子島の漁業者、商工会の家族約四百人が、福島第一原発の無料見学会に招待されたという事実が、そのもくろみを明らかに示している。

僕は知らなかったのだが、国は昨年（二〇〇〇年）の六月に原子炉等規制法というものに変更を加えて、二〇一〇年までに、合計六千トンもの核燃料廃棄物を貯蔵する施設を国内で三ヵ所作る方針を決めたのだという。その内の一ヵ所に馬毛島がねらわれているわけである。

屋久島、口永良部島、種子島、馬毛島からなる熊毛地域において、そのような施設が要るのか、要らないのか、それを決定するのは当然のことながらわれわれ住民である。

どんなに厳重な容器に収められて（危険であればあるほどそれを収める容器は厳重なものになる）埋蔵されたとしても、その容器が千年はおろか、百年持つ保証はどんな技術者にもできない。プルトニウムは二十四万年間、その容器の中で放射能を放ち続けるのである。

この熊毛地域に、そんなものを持ちこむことを許すわけにはいかない。熊毛地域だけではない。他のどんな地域であっても、そんなものを喜んで受け入れる自治体はないだろう。

原発と核兵器というエネルギーは、暴発すれば何十万人、何百万人という人を殺傷するのであるし、暴発しなくても絶えずひどい毒性の核廃棄物を排出し続けるのだから、これを開発したことは二十世紀の悪夢だったと反省し、太陽光発電や風力発電、新たに言われている燃料電池へとエネルギーを転換していくのが次の世紀の希望である。

屋久島、種子島はもとより、他のどの地域もその地域主権性を今こそ発動して、国民の七割以上が不安を感じている国の原子力政策というものを、廃止へと変更させていかなくてはなるまい。

山の大将

『ニホンザルの自然社会――エコミュージアムとしての屋久島』(京都大学学術出版会)という本が、最近出版された。

編著者高畑由起夫・山極寿一さん以下十一名の著者の執筆による、主として屋久島におけるニホンザルの生態研究に関する報告書である。

編者の山極さんをはじめ、執筆者の内の何人かは、二十年以上も前から知り合っている人達であり、つまりそれだけの長い期間にわたって、京都大学の霊長類研究所を主体としたニホンザルの調査がこの島において継続されてきたのであるが、一般読者にも読める形で研究の成果が報告されたのは今回が初めてのように思う。

島民の多くは、西部林道を主とした一画で彼らがサルの調査をしていることは知っているが、実際にサルの何をテーマとし、何を調べているのかを知る機会はあまりなかった。時々、島内でもその報告会や説明会のような催しは持たれていたが、それを聞く立場からすれば、その場限りの知識として過ぎてしまうのは致し方ないことであった。

それぞれのテーマを持つ研究者達が、そのテーマに沿った研究結果を、一過性ではない書物としてまとめたことは、とても意義あることだし、待たれていた事柄でもあった。書物の性格上、必ずしも万人向けとはいえず、学術書的色彩が濃いのは仕方がないが、このような本が出版されたことをまずは喜び、今後の島の自然資料の一つとして活用していきたいと思う。

その本が出版されたことを契機として、今回は僕なりに、この島に住む者の立場から猿について記してみたい。

僕達の住む一湊・白川山地域は、海岸地帯の一湊集落から標高にして百メートル前後ほど森に入った処にあり、里山ながら山間部なので、当然のことながら猿の出没が著しい。どうやら二十四前後の群れが二ついるらしく、それらが入れ替り立ち替りやってきては、思う存分に畑を喰い荒し、家の屋根に群がって瓦の列を崩すから、直しても直しても家は雨漏りがする。

この四、五年は、猿達は家の中にも入ってくるようになり、不用意に戸を開けたまま外出しようものなら、果物等をはじめとして食べられるものなら何でも食べあさり、その挙句にどういうわけか必ず糞《フン》をしっかりし残していく。戸を開けたままで外出しても何の心配もなかったかつてのここでの生活は完全に昔語りになり、住民は皆しっかり戸を閉めて出掛けるようになったが、次に猿達が学習したことは、その戸を開けて侵入してくることであった。

家のつくりが、鍵を掛けるようにはできていないので、出掛ける時にはつっかえ棒で戸が開かないように細工するのが、この頃の猿対策である。

よく人にも言うのだが、畑については苗の段階で鹿が食べ、万一成長して実がなれば猿がくるゆえに、ここらでは今は畑は完全にお手上げである。

唯一の猿対策は、畑の周囲に裸電線を巡らして侵入を防ぐ電気柵方式だが、僕の気持からすればそのような装置の中で自家用野菜を作るくらいなら、いっそのこと何も作らない方がましである。従ってこの三、四年間は、僕は畑を放置して、何も作らないことを選んできた。

僕にとっては、ささやかな自家菜園ながら、畑を作る、土に立つということは、生き方そのものなのであるのだが、それは猿達によって全く否定されてしまったのである。

このことは、僕の個人的な事情にすぎないが、農業を業《なりわい》としている多くの島民の立場からすれば、猿害という事実は、もはやこれ以上放置しておくことはできない文字通りの死活問題となっているはずである。

目下のところ農業者は、電気柵という、費用も手間もかかり、その上大変気持の悪い装置によって、何とか猿の侵入を防いでいるのであるが、それにしても完全ではなく、どこからか侵入してくる彼らの被害を受けたという噂は後を断たない。

僕の個人的な事情だけではなくて、少なくとも農業にたずさわっている者にとっては、猿達は厄介なならず者以外の何者でもない。

『ニホンザルの自然社会』を読むまで僕は知らなかったのだが、そういうわけで島内では毎年五百頭もの猿が「捕獲／射殺」されているのだという。そのことが記されている部分を、次に引用してみよう。

第一章と第六章を合わせて読んでいただければ、前岳での広葉樹林の伐採と山裾での果樹園の拡大が重なった結果、八〇年代に入って猿害が激化した状況を理解することができるだろう。毎年五百頭ものサルが捕獲／射殺されながら、しかし、被害額が劇的に改善されることはなく、人もサルもどちらも不幸なまま年月だけが過ぎている、という感がぬぐえない。私たちにとって、この問題への回答はある意味で単純である。森を回復し、果樹園などの無闇な拡大をやめ、被害を及ぼす群れをコントロールしながら、総合的な防除をめざす。つまり、サルに自然な恵みを保証しながら、昔あった人とサルの関係を回復させるのである。しかし、日本の、そして屋久島の農業の現状を見ると、こうした対策は費用的にもまた社会的にも容易に実現できないこともまた、第六章に詳しく触れられている。

この文章は、「序章」に記されているもので、猿害に対する編著者達の立場を代表したものと考えることができるが、当然のことながらこれは農業者の立場から書かれたものではない。

僕が見る限りでは、島の農業者達がこれまでに〈無闇に果樹園などを拡大して〉きた事実はないし、たとえどんなに無闇に農園を拡大したいと願ったとしても、その範囲は急峻な山岳島であるこの島の地形上、おのずから海岸地帯から里山地帯までのごく限られた部分でしかない。

島の全面積の八十三・五パーセントといわれている国有林部分には、所有権からして果樹園などが開けるわけもないのである。

「山の大将」であった猿達が里にくだりはじめ、二十年間も三十年間も農業者達を苦しめてきた最大の原因は、その国有林を猿の棲息できない杉の植林地としてきた林野庁の施業方針にこそある。

農業者の立場からすれば、〈あなた達が無闇に農園を開いたことが、猿害問題を招いた原因のひとつなのですよ〉というのは、ほとんどいいがかりのようにさえ聞こえるのである。それでなくても衰退の一途をたどっている農業及び農業者達の立場からすれば、この本の著者達は二十五年間もこの島に通ってきていながら、基本的には猿害という大問題を共有していないことの、これは証明のように感じられる。

そのことは別に置いて、序章中のもうひとつの文章、〈つまり、サルに自然の恵みを保証しながら、昔あった人とサルの関係を回復させる〉という、編著者達の立場には、当然のことながら僕も賛同するし、農業者達も賛同するであろう。島民の誰一人として、この島の猿を絶滅させたいなどとは思っていないからである。毎年五百頭もの猿を「捕獲／射殺」しているというのがもし事実であるとしても（僕にはその数字は信じられないのだが）、それは仕方なくそうしているのであって、奥岳を中心とする世界自然遺産登録地域他の保全地域において、猿達が繁殖できる範囲において繁殖することを喜ばない島民は誰一人としていないはずである。

〈猿達に自然の恵みを保証する〉ということは、里山の自然において猿と人が共生することではなくて、奥岳の森林生態系保護地域へ、猿達には戻ってもらうことだと思う。世界自然遺産に登録された地域や森林生態系保護地域に指定された面積は一万四千六百ヘクタールに及び、それは全島面積の四分の一を超えている。それだけの森林規模があるなら、猿が絶滅する恐れはないが、それでも足りないというのであれば、島の八十三・五パーセントを占める国有林の杉植栽部分を、少しずつ人にとっても猿にとっても有用な広葉樹林へと転換していけばよい。

何といっても、猿害発生の最大原因は国有林の杉山化にあったのだから、林野庁は森林産業の見直しという視野を含めて、国有林の広葉樹林化というテーマを、真剣に考えるべき時に来ていると思う。

〈昔からあった人と猿の関係〉というのは、猿というものは人を恐れて滅多には人里に入ってこない関係であった。それゆえにこそ人も猿達を尊敬して、「山の大将」という肯定的な呼び名で呼ぶことができたのである。

そのような関係をもう一度確立するためには、猿達には奥岳に帰ってもらうしかない。つまり、人里に出没する猿は、捕獲ないしは射殺する以外はない。人里は恐ろしい所だということを猿達に知ってもらうほかはないのである。

研究者達がもし、島民の一方的負担において猿と共生せよと主張するのであれば、それは研究者の傲《おご》りである。

深く「山の大将」を愛しながらも、それを射殺せざるを得ない島民の苦悩を共有して、その上に立って生態学というものを考えていただきたいと、古くからの知友たちにいささかの苦言を呈する次第である。

夕立の中で

もう正確には覚えていないが、タマが家に来たのは十七、八年前のことだったと思う。僕は特別にネコ好きのわけではないが、小さい子供達はたいていはネコが好きだし、ネコの一匹くらいが家にいても特別負担になるわけでもないので、まだ東京の西の端の五日市町の山の中に住んでいたころから、家にネコを置くことを許容してきた。

五日市町からこの地へ引越してきた時、ヒューマという名のその白ネコも一緒にきたのだが、それが病気で死んで、一年か二年たったころにタマがやってきた。

一湊の「橋の店」の奥さんから、仔ネコはいらないかと誘われて、ちょうど家にはまた仔ネコを欲しがる年頃の子供が育ってきていたのである。

生まれて一ヵ月か二ヵ月だったその仔ネコは、ねずみ色と灰色とうっすらと褐色の混じった縞模様のネコで、今は島中のあちこちで見かけるようになったが、当時はその種の毛並みは珍しく、そのことも手伝ってタマはわが家の住人となった。

タマという、ネコとしては平凡そのものの名前をつけたのは、家に置くことは置くけれども、特別に愛情をかけて育てたりはしない、ネズミや鳥やバッタやトカゲを食べて半ばは野性で、家の残飯を食べて半ばは家ネコで飼うんだよ、というほどの心づもりからだったと思う。

六人の子供を育てていたわが家では、ネコに特別の愛情をそそぐほどの気持の余地はなく、むしろいささかはネコの手を借りて子育てをしたようなものであった。

愛猫家から見れば、虐待とも見えるような飼い方でも、タマはめげずに家のネコであり続け、七、八年の時間がまたたく間に過ぎて行った。その間に先妻が逝き、再婚した僕にはまた新たに三人の子供が生まれてきたのだが、その三人目の子が生まれる直前に、タマがちょっとした悪さをしたことがきっかけで、もう家にはネコは要らないという結論になった。

家から十キロほど離れた、人家のない県道沿いの道に、「さあこれからは、叱られないで、山で自由に生きていけ」と言って、僕はタマを棄てた。むろんもう二度とネコは飼わないと決めてである。

それから丸二年たった十二月二十四日の朝、家の手作りのベランダで、サッシのガラス戸越しに鳴いているタマを、息子が見つけた。人恋しそうに鳴いているが、もう二年もの時がたっているので、それがタマかどうかはすぐには判断がつかない。皆でしばらく見定めたのだが、やはりそれはタマ以外の何ものでもなく、ガラス戸を開くと、それは何事もなかったかのように自然に家の中に入ってきた。

棄てた時に、生まれる直前だった子供が現在は六歳半になっているので、タマが帰ってきたのは今から四年半ほど前のことになる。もうネコは飼わないと決めたことなど忘れて、家の者皆がタマを大歓迎したのはいうまでもなく、再びタマは家のネコに戻った。

ネコの寿命がどれほどなのか、正確なところを僕は知らないが、十七、八年を生きてきて、今年に入ってからのタマは目に見えて衰えてきた。

動きがにぶくなり、臭覚が落ち、歯が弱ってきて、固いものは食べなくなった。味噌汁の残りとか、クリームスープの残りとか、液体状のものなら食べるが、ネズミなどは目の前を走っても見向きもしなくなった。それでもなぜかエビの殻だけは好きで、僕達が身を食べたあとの殻や尻尾は残さず食べてくれた。

昼も夜も寝ていることが多く、あまり姿が見えないと、ひょっとしたらどこかで死んでいるのではないかと心配したが、心配する時分にはどこからか現れてきて、一同をほっとさせるのだった。

二週間ほど前、僕が車で一湊の町へくだろうとすると、たまたま道の真ん中にタマが寝ていて、車を近づけても一向に逃げようとはしないという出来事があった。近くに妻がいて、タマ、タマ、と呼びかけ、道からどかそうとするのだが、妻の方をちらと見上げただけで、よけるどころかかえって車に向けて歩いてくるのだった。

運転席からそれを見ていた僕には、タマは僕が決してタマを轢かないことを確信しているように思え、そうだよね、そうだよね、と言いながら戯れてこちらに歩いてきているように感じられた。

子供でも小学生くらいになれば、父親に対してその種の戯れをする。

むろん僕とても轢くつもりはなく、冗談と警告をこめてぎりぎりまでゆっくりと車を進めたのだが、それを見ていた妻はたまりかねて走り寄り、タマを抱き上げて道路わきに放した。タマの老衰は、その時にはもう極まっていたと見るべきなのだが、悲しいかな僕達にはそうとは分からず、タマは呆けたと一時話題にしただけで、まだ半年やそこらは生きつづけるだろうと漠然と思っていた。

七月二十四日の午後、訪ねてくれていた二人の客人の内の一人が、居間に置いてある蝶の飼育箱の中でリュウキュウムラサキが羽化しているのを見つけた。

アゲハ蝶の仲間であるリュウキュウムラサキを、それと分かる人は多くはないと思うが、たまたま訪れていた人が、卵からそれを飼育していた僕達より先に羽化したのを発見し、しかもそれをリュウキュウムラサキと判別したことで、僕達は大いに感心し盛り上った。

他のアゲハならもう何度も羽化させているが、それはわが家で初めて羽化したリュウキュウムラサキであり、客人と一緒にその誕生に立ち会えたことは、めでたいと言ってよいほどに、うれしい出来事だった。

二人の客人が帰ることになり、僕も空港まで見送るべく一緒に居間を立ち上った時、一足先に家の外へ出ていた妻が、悲鳴を上げて走り込んできた。

「タマが死んでる」

急いで家の外へ出てみると、家の前の道路わきの草むらの中で、もうタマは冷たくなって四足を硬直させていた。

横たわった躰は外傷はなく、美猫と呼ばれたほどに美しい毛並のままだったが、裏を返してみると右目の眼球が飛び出していて、タマが車にはねられたことを証明していた。一日に車が十度通るか通らないかの山の道で、半ばは野性のタマは車に轢かれて死んだのである。

客人を空港に見送り、近づいてきた台風六号の影響で、時々ざっと夕立がきたり、虹が立ったりする中を家に戻ってくると、畑の片隅にもうタマのお墓ができていた。

高さ二十センチほどの川石に、子供の字で、クレヨンで「たまのはか」と書かれ、草花と川から採ってきたカジカが二匹供えられてあった。

リュウキュウムラサキは生まれ、タマは死んだのである。

夕立がまたざっと来て、子供達はうす陽も射す近くの空地で野球のまねごとをして遊んでいた。家の子供三人のほかに、小学生ばかり男の子女の子の六、七人が、ざんざん降りで陽の射す雨の中で、その雨を楽しんでいるかのように、ずぶ濡れになって走りまわっていた。

天気が悪くて、川で存分に泳げない分を取り戻そうとするかのように、雨に濡れること自体を楽しんでいるのが、見ている僕にも生き生きと伝わってきた。

むろん僕は、まだタマのように老衰はしておらず、これからじっくりと熟年を迎えつつ撃つつもりではあるが、もうその子供達のように、夕立に濡れること自体を喜びとするほどの無邪気さは持てない。

子供達が、生まれたばかりのリュウキュウムラサキの仲間だとすれば、僕は明らかにタマの側にこそ属している。

山の上には、そういうお天気の時によく現れる大きな虹がかかり、僕達の生という悲と喜の実相を、祝福してくれているのだった。

善光寺

最近出版した、『親和力』（くだかけ社）というタイトルの僕の詩集には、「善光寺」という題の詩が入れてある。

善光寺

善光寺様
善光寺様
ことしも　わたしたちの庭畑に　あなたの

不思議の　金木犀《きんもくせい》の花が　咲きました
ことしは
こちらは苦しく乱れて
金木犀は咲かず　水も流れぬ秋かと
思っていましたのに

善光寺様
善光寺様

ことしも　この貧しい庭畑に　あなたの
不思議の　金木犀が
香りいっぱいに　咲き満ちました

善光寺様

この世界という　善光寺様

今から三、四年前にできたこの詩は、その年の六月に、長野市にある《牛にひかれて善光寺》として知られる大寺へお参りした体験をもとにしたものである。

善光寺が、《牛にひかれて善光寺》と言われるようになったのは、その昔その近在に、欲深く信仰心もない老婆がいて、納屋から逃げ出した牛を必死に探していくと、その牛は善光寺の本堂の前にいて、老婆は牛と信仰心の両方を一度に自分のものとすることができた、という逸話によっているのだという。

史実かどうかは別にして、それはいかにもありそうな物語であり、その物語を胸におきながら善光寺参りをすれば、善悪をひっくるめてそれを包み摂《と》ってくれる一光三尊《いっこうさんぞん》阿《あ》弥陀如来《みだにょらい》（善光寺如来）の大きく深く広い光というものが、いっそう身近な、善い光として感じられてくるから不思議である。

三、四年前に善光寺参りをして、島に戻ってからしばらく経ったころ、一湊《いっそう》の町角でTおじという人と立ち話をしていた時、何をどうたどったのか、話がいつのまにか善光寺のことに及んだ。

Tおじが言うには、自分も何年か前に善光寺参りをしたことがあり、本堂の須弥壇《しゅみだん》の横から地下の暗闇に入っていくと、手探りでしか進めないような細い通路になっていて、そこをゆっくり進んでいくと、やがてその暗闇の中で極楽の鍵をつかむことができるようになっているそうなのである。

僕がお参りした時は、ただ友人の車で乗りつけてもらい、永久秘仏とされている須弥壇上の御本尊を、善男善女の群衆の一人として礼拝して帰ってきただけだったので、善光寺にそのような仕掛けがあることは全く知らなかった。

Tおじが印象深くその体験を語ってくれたおかげで、いつかまた善光寺を訪ねる時には、必ずその須弥壇下の暗闇の道に入らねばなるまいと思っていたのだが、この十月（二〇〇〇年）に長野市の篠ノ井というところにある日本三所・長谷観音寺というお寺での講話に招かれたので（日本三所・長谷観音は、奈良の長谷寺、鎌倉の長谷寺、長野の長谷寺の三所）、思いがけなく再び善光寺にお参りする機会が訪れてきた。

ちょうど土曜日のことで、群れなす善男善女とともに須弥壇への礼拝を終えてからあたりを見廻すと、《御戒壇巡り《ごかいだんめぐ》り》と記された一角に大勢の人々が並んでおり、「只今の待ち時間三十分」という立て札までが立てられてあった。

五百円のチケットを買って列の最後尾につき、遅々として進まない順番を待ちながらそれが少しも苦にはならず、次第にその戒壇巡りへの期待を深めていると、やがて順番がきて、須弥壇下へ通じる暗闇の通路へ入っていくことができた。

入って二、三メートルの内は、背後の入口から洩《も》れてくる淡い明るさが残るが、そこを過ぎるともう本当に真っ暗闇で、前にも後にも人は続いているのに、誤って前の人に触れたり、後の人から触れられたりするほかは、全くなにも見えない状態になる。

そこをどうやって進むかというと、通路の右側に板壁が続いていて、右手でその板壁に導かれながら、そろりそろりと歩いていくのである。

全長が四十三メートルほどあるという暗闇の通路の中には、少なくとも四、五十人の人が手探りで歩いているわけだが、そこが名高い善光寺の須弥壇下という聖所であるためか、真の暗闇というものがもたらす心理的な作用によるものか、おそらくはその両方があい重なって、無駄口をきく人は誰一人としていなくなる。

ぎっしりつまった人々の列の中にありながらそれぞれにただ一人の自分の闇に直面しつつ、これまでに何十万人、何百万人の人達がたどったであろうすべすべの板壁を頼りに、何度かは大きく曲がって不安をかき立てられながら、粛々《しゅくしゅく》として前へ前へと進んでいく。

僕は、《南無阿弥陀仏》というお念仏を受持している者なので（それだけではないが）、心の中でそれを黙称しながら進んでいったのだが、十分か十五分も経ったころだったろうか、この闇はいったいいつまで続くのかと思いはじめた時分に、板壁がまたぐいと右へ曲がって、前方の暗闇の中からかすかな人声のさざ波のようなものが伝わってきた。

多分それは、須弥壇下にある永久秘仏の真下に置かれてあるという、《極楽の鍵》を探り当てた人々が発する声で、僕もまたそれを探り逃してはなるまいと、右手で探る板壁の範囲を広げ、速度をさらにゆるめて注意深く進んでいった。

やがて、木の瘤《こぶ》のような、それもまた何十万人、何百万人という人達に触れられてすべすべにみがきあげられたその鍵を握ることができ、それと同時に前方からは出口のほのかな明かりがうかがえてきて、御戒壇巡りは終りに近づく。

ついに前を進む人達のシルエットが見えるようになり、出口に到ると、人々はすべてほっとした表情を浮かべ、むろん僕も光あるこの世に再び戻れたことを本能的に喜びながら、その短い時間の行を終えることができた。

数年前から、Tおじの話に導かれて是非とも体験したいと願っていた御戒壇巡りを済ませ、両側に土産物店の並ぶ人混みの参道を引き返して、長野駅行きのバスに乗ろうとバス停で待ったが、ひんぱんに出ているはずのバスがなぜかなかなかやって来なかった。急ぐらしい人はタクシーを止めて次々と乗っていく。

僕はまだ時間の余裕があったので、ゆっくり一服しながら待っていると、その日は前から行われていた長野県知事選挙戦の最終日に当っていて、四人立候補した内の一人の有力な陣営の人達が四、五十人も黄色のそろいのハッピを着て、ビラ配りをしながら歩いてきた。

僕達バスを待っている者にも一行はビラを配りはじめたが、それが僕に来た時、

「他県から来た者ですから」

と言って、それを一応断った。

「他県からでもいいから見てください」

と手渡されたので、棄てるわけにもいかず候補者のスローガンなどを見ていると、列の
すぐ後にいた僕よりは年上らしい男の人が、いきなり、

「どちらから来られましたか」

と、話しかけてこられた。

「鹿児島からです」

「鹿児島はどちらですか」

「屋久島という島です」

「屋久島は、上《かみ》ですか下《しも》ですか」

「えッ」

と、ぼくは思わず聞き返さずにはおれなかった。鹿児島市内での見知らぬ人との話であ

れば、これまでに何度かはその種の会話を交わしたことがあるが、そこは長野市の善光寺門前のバス停である。

「上屋久ですか、下屋久ですか」

と、相手がなおも重ねて親しげに語りかけてくるので、

「上屋久の一湊です」

と、正直に申しあげた。すると相手は得たりとばかりに、

「一湊なら、M・Aさんを知ってますか」

と言われるではないか。

今度はこちらから尋ねずにおれなくなって、同じようなことを訊き返すと、その人は鹿児島市内に住み、たびたび善光寺参りに来られるのだそうで、屋久島にも古くからの知人が何人もいるのだということであった。

バスはさらになかなかやってこず、その人は急いでいるらしく、タクシーを止めていずこへともなく去って行ったが、残された僕にはその時、目前に不意と屋久島の山河の

光景が宿った。

Tおじの話に導かれて御戒壇巡りを済ませ、バスを待っていたらまたM・Aさんを知っている人と、それこそ何百何千万分の一という確率において出遇ったのだから、その深い偶然において、僕の思いが一湊を中心とする屋久島の海、山、川の光景に疾《はし》ったのは、当然のことである。

しかも、僕の胸に宿ったその光景は、その時御戒壇巡りも含めて済ませてきたばかりの善光寺、屋久島というもうひとつの善光寺と呼ぶべきものの光であった。

遠く離れていればこそ、全景として見えてくるその島山の光はまさしく善き光そのものであり、その中にあるTおじやM・Aさんをはじめとするあれこれの人達の呼吸も、まさしく善き光そのものとしてそこにあるにほかならなかったのである。

この世界という、善光寺様。

とりわけ屋久島という、善光寺様。

胸の中の光景に胸の中で合掌しつつ感慨していると、たちまちに長野駅行きのバスは目の前にやって来たのだった。

生姜湯湿布の夜

民間療法というか、自然療法と呼ばれているもののひとつに、生姜湯湿布というものがある。

新鮮な生姜をおろし器でたくさんすりおろし、それを木綿布で包んで結び、熱湯の中に浸す。その湯はいつでも熱湯でなければならないから、今の季節であれば石油ストーヴの上に湯鍋をのせておいて、絶えずそこで生姜湯が沸いている状態を保ちつつ、その中にタオルをとっぷりと浸す。

熱あつのそのタオルを、軍手の上からさらにゴム手袋をつけた妻が取り上げて、よくしぼり、広げて少しさましした段階で、仰向けに寝ている僕のお腹の上に直接に当てがう。その上からバスタオルをかぶせて、熱がなるべく逃げないようにし、しばらくの間はその熱と生姜の香りがお腹に染みこんでくるのを味わう。

五分もすると、タオルがさめてくるので、浸しておいた別の熱あつのタオルに取り替えて、そのことを十四、五回くらい繰り返す。

次には、生姜湯の鍋をストーブからおろし、少々水を足して熱湯でなくしてから、その中に両足を浸しこむ。これまた五分も浸していると、当然湯がさめてくるので、そこに別に沸かしておいた熱湯を注ぎこんで熱くし、さらに両足を浸す。

鍋にこれ以上熱湯が注げなくなるまでに、やはり十回かそれ以上も湯を注いでは、そこに足を浸すことになる。

足湯をしている間は、妻は胸の中央部にある胸骨と呼ばれるツボをさすってくれる。ツボについて、僕は詳しいことは何も知らないのだけど、その胸骨というのは免疫力を高めるツボの中枢だそうで、そこをやさしくさすられると、内臓がぐりぐりと動くほどに心地よく、この世界に心配することはなにひとつないかのような気持になってくる。

そういう気持になれば、事実この世界において心配したり苦しんだりすることはなにひとつないわけで、その状態を仏教の言葉では「極楽」と呼ぶ。

仰向けに寝て、お腹に熱あつの生姜湯のタオルをのせてもらうこともむろん極楽であるし、春先のまだ肌寒い夜に、熱あつの生姜湯の中に両足首まで浸しこんで温められることも極楽そのものである。

僕達はいつのまにか、病気になったら医者に行って治してもらう、という世界常識の中で暮らすようになってきた。

風邪くらいの軽いものなら、なんとか家で対処することもあるが、病気が重大なものになればなるほど、例えばガンなどというものが見つかれば、僕達は一も二もなく医者へ駆けこむ。

民間療法とか自然療法とか、家庭療法などと呼ばれている療法は、それを取り入れるのは勝手であるにしても、決して当てにはできない眉ツバものであり、本当に信頼するに足るものは科学的根拠に基づいた西洋医学であると、この百年間をかけて、僕達は世界常識を確立してきた。

僕としても、無意識の内にこの常識を支持していて、昨年の十一月に永田の診療所で胃カメラを呑み、すでに五センチ大に成長したガンが発見された時には、すぐさま手術をしてもらうべく翌日には鹿児島市内の病院へ飛んだ。

精密検査の結果、ガンはすでに大動脈周囲のリンパ節まで深く進行していて、手術は不可能であると分かり、東京の国立がんセンターの外科医長であるS医師であればもしかすると手術ができるかもしれないとて、紹介状をもらって今度は東京へ飛んだ。

がんセンターのS医師の判断も同じで、これほど深くリンパ節に進行しているガン細胞を取り除けば、その過程で僕は確実に死んでしまうだろうということであった。

ではどうすればよいのかと問うと、世界でも三本の指に入るというその手術の名手のほまれ高い医者は、ひとつには抗ガン剤を何サイクルか投与して、うまくガン細胞が縮小したら手術をするという手があるが、ガン細胞が必ず縮小するという保証はなく、逆に抗ガン剤の副作用によってその過程で患者が死ぬケースもままあるとの、じつに率直な事実を伝えてくれた。

彼の口振りから言外に、僕の場合は抗ガン剤治療も無駄であるらしいことを感じ取って、やれやれ、これで東京で死なずに済んだと鹿児島市に戻ってきたのだが、さりとて鹿児島市の病院でもさしあたってすることがあるわけでもない。結局、自宅に戻ってきて自宅療養する道を選んだ。

去年（二〇〇〇年）の十一月にそういう出来事があって、それ以来、ここにいちいち記すことはできない様々な体験と知識を経て、僕としては、現在は西洋医学だけが医学であると思っていた僕達の常識は、とんでもない大間違いであることを確信するに至っている。

現代では、西洋医学に替る代替《だいたい》療法ということが、日本においてもかなり一般化してきているが、そのひとつが、家庭療法である。これはむろん自分一人でもできようが、家族の協力が得られればそれに越したことはなく、僕の場合は妻が全面的に助けてくれるので、一般的にいえば非人間的な病院システムに取りこまれることに比べれば、天国と地獄ほどの差違において、家に在りながら治療そのものを楽しむことができる。

むろん、僕とても西洋医学を全面否定しているのではなく、西洋医学にもそれなりの合理性も治療力もあることを認めるし、鹿児島市の友人の医師堂園晴彦氏を主治医の一人として指導してもらってさえもいるが、それだけがすべてであるとは、今はいささかも考えてはいない。

日常的に生活をともにし、生姜湯湿布をはじめ様々な自然療法、民間療法を、素人ながら喜んで施してくれる妻こそは、僕には最上最深の主治医なのである。さらにはそれを施されている僕自身が、自分の主治医である。自分が自分の主治医であるためには、当然それなりの勉強もしなければならないが、根本においては、医者に病を治してもらうのではなく、自分の自然治癒力において病は癒えるのであり、医者はあくまでもその補助者であるという患者学が一人一人の患者において確立されるのでなくてはならない。

特に、ガンのような難病においては、システムにしばられた医者の押しつけを律儀に受け入れた患者ほど死ぬ確率が高い、という統計があることを知っておいた方がよい。

生姜湯湿布くらいでガンが治るものなら、医者は要らないではないか、と、それでもやはり多くの人達は内心で思われるだろう。

僕としても、むろん生姜湯湿布さえしていればガンくらい治ると主張しているわけではなく、それもまた数多くある治療法の内のひとつと位置づけているのだが、その数多くある治療法の根底にある共通のものは、「至福」と呼び得る身心状態の実現であると考えている。

どんなに深くその人の身心が病んでいるとしても、もしその人に「至福」と呼ばれる状態が訪れるならば、その至福の分だけその人は確実に癒されていくだろう。老衰その他の天命による死を除けば、その人に与えられる「至福」以上の良薬はこの世界にはなく、それが与えられれば与えられるほど、その人の身心は自然治癒されていく。

基本的にそういう病理哲学（精神身体医学）に気づかされた僕としては、妻が施してくれる生姜湯湿布こそは、その至福をもたらしてくれる極楽世界へのひとつの入口なのである。

むろん生姜湯湿布は、物理的に大変気持のいい、生姜の香りに充ちた世界である。生姜という植物が秘めている薬効もあるに違いない。けれどもそれさえあれば自動的に極楽世界に入れるというわけのものではない。

まずこちらに、妻に対する感謝と信頼の気持がふつふつと沸いているのでなくてはならないし、妻にしても、軍手の上からゴム手袋をつけて熱湯のタオルをしぼりながら、そうすることを心から楽しんでくれるのでなくてはなるまい。

つまり僕達の間に、今ではすっかり昔の言葉になってしまいつつあるが、夫婦愛という大切な感情が流れ、お互いに慈しみ合うという、さらに大切な普遍的感情が熱あつと流れているのでなくてはなるまい。

「至福」という身心の状態は、「静寂」という身心の状態や、「叡智」という身心状態と同居しているものと僕は考えているが、ついに先日の場合は、それは思いがけなくもヴィヴァルディの音楽とともに訪れてきた。

生姜湯湿布に限らず他の治療法の時にも、僕達は好みのテープやCDを低音のバックミュージックとして流しながら行うのだが、その夜はふとヴィヴァルディが聴きたくなり、そのCDを低く流しながら湿布に入ったのだった。

イタリア、バロック期のこの作曲家は、十七世紀から十八世紀にかけて活躍し、ほぼ同時代人のバッハに多くの影響を与えたことで知られているが、これまでは意志力と信仰力の強さにおいてバッハこそが好きだった僕に、音楽というものの至福はここにこそあると、華麗でありつつも静寂の音を響きわたらせてきたのだった。

生への強靭《きょうじん》な意志というものも、人間性にとっては当然大切なものであるが、「至福」という身心状態は、生そのものの心髄にすでに存在していながら、なかなか解放されることのない根元の感情である。

ヴィヴァルディの音楽は、生の心髄に存在するその静謐《せいひつ》の至福を、そのまま音に定着させたものなのだった。

すでに子供達は寝入っているゆえに、決してヴォリュームを上げることはなかったが、その音楽は僕の身心を震動させて音高く流れわたり、たちまちにして僕をヴィヴァルディのとりこにしてしまった。

けれども、むろんそれは生姜湯湿布という熱あつの施療があってのことであり、春の彼岸が近づいてきて、夜の寒さもいく分柔らいできたという季節要因のせいでもあり、この世界は基本的に極楽（善光寺）であるという、近頃の僕の世界観・人生観のせいでもあるように感じる次第である。

「あとがき」に代えて

文化ジャーナル鹿児島社代表　脇園義文

この本の著者・山尾三省さんは、二〇〇一年八月二十八日、胃がんのため逝去された。

死の数カ月前、山尾さんは私の発行していた雑誌「文化ジャーナル鹿児島」に連載した原稿のことを気にかけ、「できれば、生きている間に、本を手にしてみたい」と望まれた。しかし、その三年前から難病に罹り入退院を繰り返していた私は、発行の日を約束することができなかった。

それだけにこの度、山尾さんの著作を数多く手がけている野草社の石垣雅設さんの所から、出版される運びとなったことはこの上ない喜びである。しかも嬉しいことに、本書には山尾さんと長年の友人でもあった日吉眞夫編集長のもと、屋久島で発行されている季刊誌「生命の島」に掲載された原稿も収められている。

病床の山尾さんを幾度となく見舞われ、親交の深かった石垣さんの尽力によって、鹿児島の二つの雑誌に連載された原稿が一冊の本となり世に出ることを、きっと山尾さんも喜んでくださっていることだろう。

山尾さんとの出会いは、雑誌のインタビュー取材であった。九一年の五月、初めて屋久島の山懐に抱かれた白川山のご自宅を訪ねた。母屋とは道ひとつ隔てた別棟の書斎にきちんと正座され、穏やかな口調で語られる山尾さんは、著作で親しんできた誠実な人柄そのままの方だった。

取材後、念願の雑誌への連載依頼を切り出すと、二つ返事で引き受けてくださった。「以前から、鹿児島の方に向けて書いてみたいと思っていたのですよ」と言われ、翌新年号からエッセーを書いてもらうことになった。自ら「森の時　川の時　海の時」と題された連載は、それから九七年の雑誌の休刊まで五年半余り続いた。

原稿は締め切り日までには必ず届いた。一度も遅れたことはなかった。茶色の封筒を開けるといつも、きれいに折り畳まれたまだインクの匂いの残る原稿が現れた。よく使い慣らした万年筆で綴られた青い筆跡を眺めていると、何か身の引き締まる思いがした。そのどこか味のある丸みを帯びた文字の連なりには、凛とした趣さえ感じられた。それらに触れられるのは、最初の読者である編集者にとって、まさに仕事冥利に尽きる至福の時である。このような手書き原稿は、筆者の濃やかな息づかいまでもが伝わってくる貴重な存在だった。

毎回、原稿に接しながら感じたのは、物事をみつめる山尾さんの眼差しの深さである。それは例えば、屋久島の海岸で見つけた岩石に遥かな地球の時間の堆積をみたり、あるいは考古学上の発見や、最新の宇宙観測の成果に関心を示す時にあらわれる。そこでの時間の尺度には限りがない。何万年、何億年前の出来事がつい昨日のことのように語られる。

おそらく、山尾さんの内部では、過去も現在も未来も一つの時間軸として存在していたのだろう。詩人の想像力は、時にこの世の時間の壁を越えて自在に往き来する。そのことを知っておくと、山尾さんという人の時間感覚がよくわかる気がする。

縄文杉に呼ばれて屋久島移住を決意したという山尾さん。生まれ育った東京での生活に終止符を打ち、不便を承知でこの地にやって来たその胸に秘められた思いとは何だったろうか。そこには、単なる生き方の選択を超えた、ある種の不可避の力が働いていたように思われる。その行動は、自らを一人の修羅と規定し生きた宮沢賢治の生き方とどこか共通するが、実際、山尾さんには賢治についての著作もある。

無論それは、ただ世俗のことのみにかまけた生き方のことではない。地の者として自然の中で自らを律し、「まことの言葉」を生きようとする生活である。残された詩やエッセーの数々はその果実ともいえる表れである。そのことを、詩集『新月』（くだかけ社）に収められた「山　人を見る」という詩が教えてくれる。

人　山を見る
山　人を見る　と
足柄山に住む　和田重正先生はいわれた
深く　そのとおりである

田舎には
田舎の　静かな光がある
権力を望まず
経済力も望まず　知力さえも望まず

ただいのちのままに　日々しっかりと努力によって
暮らしている人達の　静かな光がある
（中略）
田舎には
これからの千年も変わらない　田舎の光がある

ここには山尾さんの拠って立つ生への覚悟とも呼ぶべき姿勢がはっきりと示されている。一見それは、現代の物質文明に背を向けた生き方のようにも思える。けれど、進歩や進化ではなく〈回帰〉することにこそ意味があると山尾さんは考えていた。言わば我々は「いつか何かになる」のではなく、現時点において「すでに何かである」のだという認識は、不意打ちのように私たちの心を捕える。この〈回帰〉という言葉は、かのギリシャの哲人プラトンが唱えた〝学ぶということは未生以前に獲得していた知識を想い出すことにほかならない〟という「想起説」（『パイドン』）を思い起こさせるが、それは山尾さんが親しんだ、自然界の一木一草にカミを見るアニミズムの世界とも近い。人の幸せは身近にある。そこに立ち還ろう。そのことの大切さを、生涯を懸けて山尾さんは繰り返し伝えようとした。

昨年の夏、一周忌に合わせて屋久島を訪ねた。八年ぶりの島は、山からの風が心地よく吹き抜けていた。だが、そこに山尾さんの姿がないという事実の重さは、言いようもなく喪失感をかきたて改めてその存在の大きさを感じさせた。

その日、宮之浦で開かれていた回顧展を見に行った。会場には、これまで出版された単行本や掲載雑誌が年代順に並べられていた。私の持っていないものもあり、いくつか手に取り読ませてもらった。ページを繰るうちに、決して長いとは言えない六十二年の生涯の中で、山尾さんはこんなにもたくさんの仕事をしてこられたのだと思うと胸が熱くなった。

翌日、白川山の集会所で「三省忌」の法要のあと、「偲ぶ集い」が開かれた。ずいぶん遠くから訪れた人がいることに驚かされた。なかには東京で詩集に出会い、来島したこともある若者がいた。山尾さんの読者は中高年が主だと思い込んでいたが、若い人も多いことを知り嬉しく思った。

二〇〇〇年二月、スペースシャトル「エンデバー」で毛利衛さんと宇宙に行ってきた屋久杉の種子は地上で芽を吹き、今では植樹可能な大きさにまで成長したという。同じ大地の上で詩農一如の暮らしの中から紡ぎ出された山尾さんの言葉が、この宇宙を旅したヤクスギと共に、若い人々の心の中に大きく育っていくことを願わずにいられない。

何千年もの時を生きる屋久杉を育む屋久島の森で、四半世紀にわたって山尾さんという詩人が営々と創作活動を続けていたことは、魂の巡り合わせのようなものを感じる。

世の中がどんなに変わろうと、山尾さんの言葉は古びることがない。時代を超えているからだ。そこには、流行や自己表現とは無縁の、今も昔も変わらぬ普遍の真理がある。それは、これからも様々な場所で読み継がれていくに違いない。人々はそこに、珠玉のように輝く真実の探求の跡を目にすることだろう。

山尾三省◎やまお・さんせい

一九三八年、東京・神田に生まれる。早稲田大学文学部西洋哲学科中退。七七年、家族とともに屋久島の一湊白川山に移住し、耕し、詩作し、祈る暮らしを続ける。二〇〇一年八月二十八日、逝去。

『聖老人』『びろう葉帽子の下で』『アニミズムという希望』『水が流れている』『祈り』（野草社）、『縄文杉の木蔭にて』（新宿書房）、『一切経山』（溪声社）、『新月』『三光鳥』『親和力』（くだかけ社）、『森の家から』（草光舎）、『ここで暮らす楽しみ』『森羅万象の中へ』（山と溪谷社）など著書多数。

原郷への道

二〇〇三年八月二八日　第一版第一刷発行

著者――山尾三省

発行者――石垣雅設

発行所――野草社

東京都文京区本郷二-五-一二

TEL 03-3815-1701　FAX 03-3815-1422

発売元――新泉社

東京都文京区本郷二-五-一二

TEL 03-3815-1662　FAX 03-3815-1422

印刷――太平印刷社

製本――榎本製本

ISBN4-7877-0381-1 C0095